鍾玲妙小說

鍾玲 著

匯智出版

前言

鮑國鴻

去年六月到高雄參加老師最新小說結集《深山一口井》的發佈會，老師在會上特別分享自己人生不同階段的創作態度，強調近年創作的目的是要表現人間的善意和生命中自我的提升，希望作品能對讀者產生一點好處。翻開《深山一口井》的〈後記〉，老師的表白就更加清晰：「到了寫作生命最後一個階段，一定要想清楚為什麼而寫才下筆，發表作品等於種下了因，當讀者讀了產生感想，那就是果。」可見老師的創作是多麼嚴謹慎重。老師又說：「世間所發表的作品，既然有那麼多描寫內心世界或現實世界的混亂、殘酷、狂暴、自虐，也有那麼多試圖如實地呈現人生的正面和反面，那麼我為甚麼不能表現慈愛、提升、向善、寬容這些正面呢？」老師自香港浸會大學榮休後，二〇一三年起再埋首小說創作，「寫生活中的小醒悟、愛心的實踐，和善良的力量」，老師正是懷着慈悲的心，藉着這類主題的小說種下善因，不是希望自己有什麼回報，而是希望在讀者生命中結出善果。

長期在中學推動閱讀，不由得思考該怎樣推廣老師的新作，讓老師的作品能夠與更多香港的老師和學生結緣。匯智出版社早在二〇一二年出版老師的《鍾玲極短篇》，不少學校採用為中國文學或語文科的必讀課外書籍，產生一定的影響。一次與該社的負責人羅國洪先生閒談，提出選取《深山一口井》部分極短篇作品出版香港版的想法，羅先生大表支持，老師慨然應允，改訂書名為《鍾玲妙小說》，並委以選篇重任。

《深山一口井》面向的是廣大的讀者群，全書共五十六篇作品，雖然絕大部分為極短篇，但篇幅一般比《鍾玲極短篇》為長。考慮到《鍾玲妙小說》主要以一般程度的中學生為閱讀對象，決定減少全書篇幅，只選取原書大約三分之一的作品，共十八篇，其中除〈山之盟〉外，全部均為二千五百字以內的極短篇創作。所選的作品均取材自日常生活或社會事件，文字淺易，是學生經驗範圍內所能讀懂的。更重要的是，每個選篇都對培養品德情意起潛移默化的作用，希望老師種的因能夠在學生未來的長路中結出善果。《鍾玲妙小說》選入的作品以品德情意分類，老師為每輯冠上具詩意的意象語，分別為「寬闊的天空」、「春天的陽光」、「温暖的泉源」和「破繭的蝴蝶」。

第一輯「寬闊的天空」說的是欣賞和寬容。趙醫生為什麼經常說稱讚人的話？（〈說稱讚人的話〉）田教授怎樣疏解母女的紛爭？（〈解紛〉）謝老先生為什麼不追究誤診和手術過失的醫生？（〈十全老人〉）世間有太多爭端和怨恨，也許多一點欣賞他人的長處，多一點體貼他人的感受，以寬廣的胸懷對人對事，人生的天空自會更寬闊。老師在〈單親雙親〉中說：「愛有不同的程度、不同的熱度、不同的面貌。」多一點欣賞與寬容，相信就會像該篇作品中的「我」一樣，理解父母的想法和選擇，又像〈過世以後的母親〉中的秀清一樣，更能體會母親的愛。

第二輯「春天的陽光」說的是珍惜與關愛。〈一見鍾情〉中的他和她訂婚，就是因為偶遇那麼簡單？還是密切的緣份背後，尚有很多深層的契合促成？值得深思。秀晴和茂雄、馮月和修兩對情侶都有緣相知，但最終境遇不同，有分有合（〈敍舊的緣份〉、〈山中出事之後〉），是什麼原因呢？珍惜與關愛在維繫人與人之間的感情中佔有怎樣重要的角色？或許，〈手工洗車場〉一家人其樂融融的相處境況，正是珍惜與關愛的體現。珍惜與關愛，恍如春天的陽光，為生活帶來溫暖和生機，以及一起追求幸福的動力。

第三輯「溫暖的泉源」說的是感恩與行善。生活過得順遂美好，不是理所當然的，那是有人在為你分擔和付出。馮燕經歷車禍，她是怎樣學會感恩的？（〈車禍中的奇蹟〉）學會感恩，才會珍惜所擁有的一切，才會甘願行善付出，像泉源一樣噴薄而出，滋養萬物。行善又會像智明做義務工作一樣，在付出的過程中有所得着，（〈溫暖之源〉）又或是不自覺間促成美好的事情：〈媒人〉中李先生一時的善行，冥冥之中造就了怎樣的姻緣？〈空難〉中的啟明縱然懷着怨懟照顧姑父，最終怎樣成就了自己？就留待讀者自行探索。

第四輯「破繭的蝴蝶」說的是自省與突破。成長的過程中難免出現困境，勇於反省自己，也站在對方的立場思考問題，逐步向前走，才有機會突破。啟白酒後失言，三次道歉終能贏得妻子諒解，原因是什麼？（〈三次道歉〉）淑玉和她的斑點狗人狗殊途，可有互相了解對方的想法？（〈人生狗生〉）俞安樂因病厭世，他又怎樣在有心人引領下逐漸走出陰霾，自我修復？（〈安樂登山〉）讀後自會知道答案。破繭蛻變後，會是怎樣的？〈書院的嬰兒〉想像山仔未來成長為勇敢而堅強的青年，〈山之盟〉寫花雲突破傳統對女性的桎梏，實踐與山的盟約，展現破繭的不同面貌。

出版匯智版《鍾玲極短篇》的時候，老師特地寫了一篇後記，講述極短篇小說的五種面貌，為賞析和創作極短篇的教與學帶來很大幫助。這次出版《鍾玲妙小說》，老師又特地寫了一篇後記，講述本書作品的敍事方式，相信都會為教與學帶來很大助益。

最後，再次感謝老師的信任，委我以《鍾玲妙小說》的選篇重任。多少年來，仍然無法忘記在香港大學鄧志昂中文學院那幢舊建築物裏領受老師教益的情景，老師那纖柔而溫婉的語調，仍然不時在心中響起。祝願老師的作品，廣播善因的種子，收穫纍纍的善果。

二〇二〇年一月二日

目錄

第二輯 春天的陽光

第三輯 溫暖的泉源

第四輯　破繭的蝴蝶

第一輯

寬闊的天空

解紛

田教授開車離開大學，在回家的路上，他的車出了由橫琴到氹仔的海底隧道口，駛在金頂碧廈的銀河賭場旁，他臉上出現滿足的微笑。他想阿圓這個孩子太感情用事了，全神投入建立乒乓球隊，照顧每一個隊員的身心和球藝，結果書院的乒乓球隊贏得了二〇一六年書院聯賽的冠軍，但是功課全放在一旁，以前三個學期每學期都有不及格的科目。今天下午阿圓匆匆忙忙到他辦公室來，圓臉糾結成苦瓜，他說：「老師，下學期我沒書讀了，會被勒令退學，這次總平均分連留校察看的線都搆不着！」

田教授把阿圓的成績單拿過來看，前三個學期不及格科目的分數，還掛在那兒，田教授說：「本學期選的三門課倒是全及格了。」

他又問阿圓：「那四門不及格的課怎麼還掛在那裏？」

阿圓哽咽地說：「是啊！不管我這學期怎麼努力，也沒有辦法把總平均分拉到及格線啊！」

這個糊塗蛋，田教授說：「呆子，你不知道不及格的課可以重修嗎？沒有同學告訴你嗎？你沒有去看選課規定嗎？」阿圓發黑的臉開始有了血色，田老師給一個平均分幾乎是滿分的同學打了通電話，叫他指點阿圓選課，又給了系主任和教務處打了招呼，結果是阿圓下學期可以留校察看了。田教授是個做事注重方法的人，他的方法總是很靈，這次就救了阿圓。他開着車，滿足地笑了。

田教授對許多事務都充滿熱心，對食物也不例外，所以常處於繼續發福的狀態，年輕時深邃的雙眼現在變成線條優美的、飽滿的雙眼皮，眼裏閃出聰敏和圓通。

當他走進家門，客廳暗暗的。他嗅到家裏的氣氛繃緊，平常到家，太太都已經開亮了大吊燈。現在她是在廚房裏，水龍頭開着，應該是在洗菜，但她沒有像往常一樣由廚房叫說：「回來啦！」他知道一定是家裏兩個女人發生糾紛了。

他開門走進女兒的房間，卓兒明明知道父親進來了，卻坐着動也不動，頭也不回，只對着桌上的筆記型電腦挺着身子僵坐。那張甜美的臉氣鼓鼓地，像是灌足了氣的粉紅色氣球。這個他用了無數方法、無數心思從小調教她講道理的乖女兒，氣成這個樣子很少見。他輕聲地問：「怎麼啦？」

她回過頭揚聲說：「媽媽不講理！明明錯了，不但不承認，還罵我！」

「是什麼事？」

「我這兩個月跟她說過很多次，不要再替我買衣服，我自己會買，而且你也知道，老買衣服是浪費資源的事。她這次又給我買，買了三件連衣短裙，我還很配合地試穿給她看。這些衣服不但太緊，而且太鮮，粉紅的、橙黃的。我非常努力配合她，請她去換尺碼大一點的、顏色深一些的。但是她換回來的還是緊，顏色還是鮮豔。我說我不穿。她就罵我不聽話、罵我不孝。明明在上學第一天，我就跟媽約法三章，她不要再替我買衣服，我已經成人了，是大學生了。她怎麼可以說話不算數！我要她跟我道歉！」

她一路氣憤地說，他一路點頭，等她全說完了，頓一頓他才開口：「你說得有道理，我去跟你媽溝通。」

他走進廚房，吃不胖的苗條太太正在切菜，菜刀咚咚地剁在實心樹椿做的砧板上，有點殺氣。她臉上精緻的皮膚緊繃着。

他輕聲地說，聲音中帶點溫柔：「你還好吧？」

她不抬頭，咬牙切齒地繼續切紅蘿蔔：「她完全不體諒我多關心她！老穿那幾件深色鬆垮的衣服，大學生不穿好看的衣服，什麼時候穿！怎麼不像以前乖乖穿我買的衣服！對我說話怎麼可以那麼大聲？孩子大了就可以不尊重父母嗎？」

他繼續他的輕聲細語：「卓兒不應該大聲回嘴，你對的。方才卓兒說兩個月前你們約好她的衣服她自己買。但是你買衣服，她也乖乖地試了。」

太太沒有出聲，菜刀的咚咚聲一下子輕了下來。

田教授回到女兒房間說：「跟你媽溝通好了。只要你先做一件事，我就會叫你媽跟你道歉。」

「做什麼事？」

他遞出一張白紙說：「你把過去一星期你媽對你做過的事寫下來。」

卓兒說：「好吧！」把紙放在桌上，取出筆。他回到客廳坐下來看電視播的新聞。過了十五分鐘，看見卓兒衝出房間，哭着跑進廚房，摟住母親，叫：「媽！媽！」

我們總是對前一刻發生不順心的事，牢牢記住，忘卻之前對方做過多少值得深深感恩的事。

十全老人

謝老先生是台灣南部一座小城的十全老人。他是城裏兩家最大超級市場的老闆，還擁有一大片鳳梨果園。他身材高大，只要有人在他前面，總是微笑着。他七十四了，身體硬朗，太太賢慧，二子一女，五個孫輩。在一九六〇年他上高中一年級時，因為家境清貧，輟學到小城一家雜貨鋪當店員。二十多歲結婚後，自己開了間小雜貨鋪。他不僅勤奮，而且好學，每天看六、七份報章雜誌，試着瞭解世界局勢和台灣商界的趨向，以與時並進。他把小鋪開成大雜貨店，再轉型為超級市場。又會用服務顧客的心態做生意，價廉物美，架上總出現合顧客心意的新產品，這是生意興隆的秘密。他七十歲退休，老大和女兒大專畢業就到超市幫忙，事業就由他們二人各自接班一家超市。老三是公務員。兩老只管管果園，跟來訪的朋友泡泡茶。

當然十全老人還熱心積善。四十多歲的時候與城郊的一間佛寺結了緣。每次果園收成，他會送十簍鳳梨供養出家師父。一般的超市在貨品還有四個月到期時，就打折扣賣貨。謝先生會在還有六個月到期的貨品中，精選優質產品去供養出家人，像是台東米、美國進口奶粉、有機醬油、有機醋，提供給一百人的寺院用，三十年不斷。

可是在謝老七十四歲時，無預警地生病了。白天晚上都頻尿，腹部下方灼熱疼痛。他去對街診所就醫，醫生說是尿道炎，給他開了抗生素，用了藥病痛稍減。一個多月以後，病情轉劇，他去另一家診所看，一樣的診斷，一樣吃抗生素。這樣跑了三家診所，腹痛了五個月，吃抗生素吃到常常噁心暈眩。有一天大清早，腹部劇痛，痛得滿頭冷汗。他們家是橫跨三個店面的透天厝，兩老跟兩個兒子三代同堂住在一起，太太把兩個兒子叫來，他們召救護車送謝老到高雄一家大型教學醫院的急診部。泌尿科的醫生替他做膀胱鏡，又做切片檢查。節省的謝老住進了一間雙人病房。

泌尿科劉主任帶着幾個醫生來到他病房，謝老的太太和三個兒女都在病床旁。劉主任說：「謝先生的膀胱裏長滿了瘤，有三、四十顆，切片證實是膀胱癌，而且已經局部轉移到腸子。謝先生，如果你決定要開刀，馬上替你安排。」

一家五口全驚呆了，滿臉慌惑。健康硬朗的他怎麼會得癌症？熱心行善的他怎麼會得癌症？大兒子高頭大馬像父親，但他很少笑，他的情緒轉為憤慨：「以前那三個醫生誤診，要負責任，差點害死我爸！」

太太滿臉悲戚地握住丈夫的手。謝老閉上雙眼片刻，劉主任有張圓臉，同情地望住他。謝老張開眼說：「就開刀吧。」他甚至微微一笑。接着謝太太簽了字。

第二天就進了手術房，剖腹手術做了十二小時，做那麼久是因為不但要切開膀胱把四十顆瘤一一割除，還要切開腸子把五個小瘤一一割掉。主刀的是陳主治醫生，帶着兩個住院醫生做。手術完在加護病房觀察了三天，之後轉普通病房，一家人算是鬆了口氣，太太加三個兒女和他們的配偶，七個人排班照顧謝老。

沒想到轉入普通病房當天晚上謝老腹部又劇痛，守在床邊的女兒找來了住院醫生，他說做完手術腹痛是必然的現象，就開了止痛劑和鎮痛劑。第二天早上藥效過了，謝老痛到大叫大嚷，女兒知道父親是個很能忍痛的人，而且父親會為鄰床的病人着想，必不得已才會大嚷。她趕忙衝出去找醫生，方好劉主任帶着兩位醫生走出電梯到這一層樓來巡房，聽到謝老的嚷叫就匆匆進了他病房。劉主任用手叩診謝老的腹部，又用聽診器聽腹部各處。忽然劉主任臉色凝重起來說：「馬上安排做手術。」

謝老又被推進手術房，這次主刀的仍是陳主治醫生。這次的手術做了八小時。推出手術室時，七位家人圍住陳醫生，醫生說：「手術是成功的，是急性腹膜炎。明早你們進加護病房來聽劉主任解釋，他可以前前後後說明清楚。」

加護病房在九點開放給家人探訪，一次只能進去兩位家人，護士告訴他們，謝太太和三個兒女都可以一起進去。他們來到謝老的病床前，他已經由全身麻醉醒過來，很虛弱，沒説話，只對他們微微點了個頭。這時劉主任帶着陳主治醫生和兩位住院醫生來到謝老床前，四位醫生向謝家鞠了一個九十度的躬。劉主任輕聲而清晰地說：「我們對不起謝先生，第一次手術，主刀醫生把癌腫瘤清除後，交給住院醫生縫合腸子、膀胱和腹部的切口，因為腸子縫合不密，出現裂口，腸子裏的東西流到腹腔，造成腹膜炎，令老先生開了第二次刀，都是我們的過錯，你醫院的支出，除健保外，全由我們負責。」

大兒子氣得大聲說：「你們太不小心，害得我爸那麼痛苦，而且有生命危險！我要告你們，要求賠償！」四位醫生的臉微微扭曲，劉主任嘆了口氣。

謝老用手勢叫兒子打住，用微弱的聲音說：「不要這樣，他們第一次開刀十多個小時，到最後精神不濟，出差錯是可以理解的，既然人家誠心道歉，我們就接受吧。」四位醫生的眼中流露感激。

在謝老住院期間，劉主任親自替他的傷口換藥，用心指導他做化療。謝老出了院每次回診都帶水果、蔬菜送主任。劉主任還請謝老作泌尿科病友會的一員，替病友打氣。他們兩個成為一見面就相視而笑的好朋友。

認錯是需要勇氣的，寬恕也是需要勇氣的。能透視別人的苦處的人，實具有大智慧。

說稱讚人的話

這家大型綜合醫院的地下室設了一個員工餐廳，醫生和護理人員的家屬也可以來進餐。她是小兒科馮醫生的太太，由一位女實習醫生帶她來吃午餐。馮太太三十歲，中等身材，皮膚白皙，雖然五官分明，但並不特別精緻。然而她臉上流露一種自信和活力。兩個人買了餐，端着盛了食物的托盤，選一張桌子坐下。

隔壁桌一位高瘦的中年女士過來跟馮太太說：「你是馮醫生太太吧。我們在醫學院校友會上見過面，我是胸腔外科的趙潔玲醫生。我想告訴你，你很好看，臉上有一種光彩。」

她微笑着注視馮太太的羞澀，回身走了。

那位實習醫生也對馮太太笑着說：「你真的好看。」

馮太太以苦笑回報，心想，自己不是美女，她是一家跨國公司的會計，每天都會仔細打扮好才上班，但今天因為要陪丈夫做化療，根本忘了化妝，也許因為趙醫生知道丈夫得病，特地過來鼓勵她。

兩周前，診斷出她丈夫馮醫生得了非小細胞肺癌第三B期，從那天起開朗的馮醫生陷入痛苦中，他努力消化這個惡訊，試着面對化療將會帶來的痛苦。馮太太也非常焦慮。她立刻請了一周的假，研究食譜，帶着菲傭煮健康餐。她焦慮是因為自己根本無法兼顧病重的丈夫和沉重的會計工作，丈夫與死亡搏鬥時，她應該陪伴他，所以三天前她辭了職，於是感到踏實了，可以做好她想做的，也許因為內心有了力量，那位陌生的趙醫生才會說她臉上有一種光彩。

三個星期以後，馮太太陪醫生丈夫到醫院做第二次化療。化療進行時，她一個人到員工餐廳午餐，拿着托盤找到一個角落坐下。吃到一半，後面那桌有一男一女坐下來。女的說：「我知道你是位非常出色的精神科醫生。」

男的低聲說：「有什麼出色！過去兩個月，我兩個病人自殺死了。」

女的說：「精神科醫生是行醫，不是施奇蹟。有一個你的病人來看我的診，他告訴我，你指導他如何發現自己的負面思維，如何導向正面。她用你的方法練習，憂鬱症狀差不多都消失了。他說你是神醫。」

男的聲音有氣有力了：「他真的這麼說嗎？」

女的說：「你看，現在你容光煥發，病人看到這樣的帥哥，肯定受到鼓舞。」

馮太太覺得這位女士的語氣似曾相識，便回頭看，果然是趙潔玲醫生。趙潔玲醫生對她微笑點頭。馮太太想，趙醫生那麼瘦，做外科手術體力夠嗎？

沒多久，那位年輕的精神科醫生吃完走了，趙醫生移過來到馮太太這一桌坐下，說：「上次很唐突，希望你不要見怪。但是你真的好看。今天也好看，不一樣，美得比較沉潛。」

馮太太羞澀地笑，「趙醫生，你很會稱讚人，鼓勵人。」

趙醫生望進她的眼睛說：「我說的是真心話，實話實說。馮醫生在看診嗎？怎麼沒有兩個人一起吃飯？」

馮太太這才知道趙醫生並不曉得丈夫得了癌症：「不瞞你說，我先生正在做化療，是肺癌。」

趙醫生的聲音透露惋惜：「他那麼年輕！」

又問：「替他治病的是洪醫生嗎？」

馮太太記起趙醫生是胸腔外科的，跟腫瘤科的醫生一定很熟，她答：「是洪醫生。」

趙醫生説：「瑪麗醫院有一個腫瘤科的醫生對肺癌研究很透徹，他叫什麼？什麼着……因為腦腫瘤，我的記憶越來越差。對了，他叫林國勤。你可以找他細談如何在生活上減輕化療副作用帶來的不適。」

馮太太口中説謝謝，心想方才趙醫生好像説她有腦腫瘤，是不是聽錯了？她猶豫地問：「你方才説腦腫瘤……」

趙醫生用手輕輕拍了一下自己腦袋：「看，我不應該説出來的。我的腦子現在不太能控制自己的話了。是，我的腦裏有一顆腫瘤，發現時已經大到不能開刀了。現在只是在等日子。」

馮太太吃驚地望着她，嘴張成O型。這位數日子等死的人，竟然到處鼓勵人，連陌生人也鼓勵，多麼勇敢。她説：「趙醫生，你真的很勇敢，心腸真的好，自己情況那麼嚴重，還不斷幫忙別人。」

趙醫生臉上的皺紋舒展了，有一種坦然：「以前為了理性，為了客觀，我一向壓抑自己的感受，別人的好處、壞處都不説出來。知道沒有多少日子以後，凡是我欣賞的，全都當面說出來。很痛快的。我看見人的轉變，感到比動了成功的手術，還要充實。」

你說，趙醫生和馮醫生會不會病況有轉機呢？會不會延壽呢？趙醫生在某方面已經不再壓抑自己，常常感到快慰，馮醫生有太太忘我的陪伴，你說呢？

過世以後的母親

馮秀清在靈堂上瞻仰母親遺容的時候，心像是被敲掉了一塊，喉頭抽噎，胸口急促地起伏，淚滴滴落下。母親的面容平靜，皺紋撫平，皮膚白皙，看不出七十六歲。出殯後一個半月，秀清失魂落魄，平時興致勃勃地工作、旅遊、吃美食，那一個半月對什麼都提不起興趣。之後十年她常常問自己，何以母親去世會給她帶來如此巨大的傷痛？因為母親和她的關係並不親。

秀清唸大學的時候，讀到短篇小說《心經》，張愛玲那麼膽大而徹底地表現伊拉克特拉情結，令她心服。當然她與父母間的這種三角關係，只屬若有若無。少女時代的秀清，漂亮活潑，每天跟父親有說有笑，常靠在父親身上撒嬌，母親總是寬容地笑着看他們父女。那時上高中的哥哥跟母親很親，母子常相偕去看電影，看完一場會熱切地討論好幾天。

到父母親上了六十五歲，哥哥早已在美國置產立業，每年農曆年帶着太太、兒子飛回台灣過節，而離了婚恢復單身六年的秀清，回台中找到工作，每周回家三次，買菜來做飯，給父親量血壓，給母親量血糖。四十歲的秀清也學會寬容了。她察覺進入老年的母親，不只身心，連靈魂都依賴父親，一方面她身體虛弱，需要父親照顧，另一方面，秀清想，是不是像電視劇中的愛情，父親是母親的初戀，也是她的末戀。因此秀清盡量不跟父親單獨說話，每次只要開口，都是對着兩老，讓母親感受父親全屬於她。

所以從小她跟父親很親，跟母親真的不那麼親。母親過世後，不時一些有關母親的記憶，出現在她腦海中。在母親過了七十四歲生日後有一天，秀清例行回家買菜做飯，父親方好出去了。母親才做了白內障手術兩周，眼睛清亮，襯着閃銀的頭髮，很精神。母親拿出一個小木盒，裏面有四隻戒指、兩枚胸針，她把盒子放到秀清手中說：「以前就給過你幾件，剩下的這些都給你，媳婦那份他們結婚時已經給她了。我由大陸來台灣也只帶了十幾件。但是那個最貴重的翡翠葫蘆墜子已變賣了，沒能留給你，很可惜。知道嗎？二十年前你和他結婚，不是雙方把聘金和嫁妝都談好了？可是親家母私下來找我，向我要二十萬，她說你年紀比她兒子大，所以我把它變賣了。當時沒跟你說，怕影響你們夫妻感情，但更擔心的是，這樣的親家母會灌輸什麼觀念給她兒子。」

母親說中了，結婚不到四年他就變了心。再度細想母親的話，她感受到母親多麼為她忍辱，為她擔心。

母親去世半年，秀清整理告別式上拍的照片，發現來參加的人真多，有父親退休前的下屬，有哥哥的同學，有她的同事、同學，還有母親的牌友、太極拳班的拳友。而且他們幾乎都在靈堂默坐了很久。這不尋常，一般告別式，大多數人，包括她自己，都是行個禮就離開。她記起從小到大不論是父親的朋友來訪、他們兄妹的朋友來訪，母親上了茶之後都在客廳坐下來跟客人閒話，溫婉而文雅，客人都說很多話，也很開心。母親在大陸是官宦人家的大小姐。秀清一向忽略了母親的魅力，自己太自我中心了。

由秀清到北部讀大學，畢業後在北部工作，一直到二十八歲結婚，每隔三、四個月她都會收到母親郵寄來的包裹，裏面有一件為她訂做的洋裝，她習以為常地穿上。回想起來件件都合身，布料好，款式時尚。想像母親挑料子有多仔細，為了她還特別注意流行的女裝，又如何指導裁縫做出最新的式樣，全都因為要讓女兒光鮮亮麗。

母親過世五年，有一天晚上她陪父親看電視，節目是有關毒蛇的生態紀錄片，扭動的黑樹眼鏡蛇令秀清想起四歲時的一件事。父母在台灣的第一個家，也是他們兄妹出生的家，是一間位於山腳下的日式平房。她在院子樹蔭下，坐在小凳上玩洋娃娃。忽然母親大叫：「清清，不要動！」

母親的身影飛掠而來，用手上的鐵製煤球叉子，拚命擊打秀清身旁一公尺的地面，秀清看見叉子打的是一條黑乎乎、殼亮亮、筷子長短的蟲，打了很多下，那蟲先扭動，然後僵直了。母親扔下叉子，一把抱住秀清，在母親懷中，她感受到母親全身發着抖，母親跟她是很親近過。連蟑螂都不敢打的母親，為了保護她，打死一隻大蜈蚣。

母親過世十年，秀清也六十，步入老年了。一日破曉，她夢見自己像人魚一樣在深海海底游泳，看見一個巨大的蚌，它張開兩片扇殼，隱約裏面有一顆乒乓球大小的金色珍珠。這時傳來公雞啼聲，在夢與醒之間，秀清眼前飄來母親的臉，距離她只有十公分，對着她微笑，是把首飾木盒交給她那天的模樣。是不是母親等了她十年，等到秀清真正感受到她的愛，才來跟她相會呢？

單親雙親

我曾在單親家庭中長大。沒多久單親家庭變雙親，而且是在兩個單親變雙親的家庭長大。

父母親在我小學三年級的時候離異。自從我懂事，所理解的家庭生活就是有兩個沉默的大人，清早跟晚上出現。進小學才知道家長的作息時間跟他的職業有關。父母都是會計師，父親在澳門政府部門，母親在一個大博彩財團任職，她連星期六、日都去加班。但也不能說他們不愛我。父親常做宵夜給我吃，母親每天再晚都會到我房間來查看我的作業。他們其中一個人單獨跟我在一起時，眼神會透露微笑，但是只要另一個人出現，冷淡就罩在臉上。當然家裏住了一個全職保母做家務、做飯和照顧我。

八歲時有一天下課回家，母親坐在客廳，看見我進門，起身拉着我的手帶我坐下説：「阿囡，媽去香港工作了，你要乖乖地跟着爸爸。」

我望着門旁的五件大行李箱，心中感到不祥，叫着問：「你還回來嗎？」

大概母親看見我臉上的驚慌，她摟我入懷中，説：「你爸媽離婚了，如果你來香港，可以來找媽媽。」

我不記得在懂事以後母親抱過我，我還暈眩在母親的體味中，她已經起身走向門去。

不到一年父親再婚，娶進惠姨，真的是娶進來。她一來就辭退保母，她享受做家庭主婦，菜越做越好吃。她還喜歡摟着我説話，常搾新鮮果汁給我喝。爸爸回家一分鐘也不閒，倒垃圾、換燈泡、拖地，粗重的工作絕對不讓一大一小女人動手。父親正在三樓的儲藏室，站在活動梯上，抹梁上的灰塵，他大叫：「惠惠，替我換抹布。」一樓廚房傳來：「正在炒菜，叫阿囡做。」我忙由自己二樓的房間出來，去晾衣間大叫：「爸，這有六條，是哪條？」

樓上傳來：「最長那條。」

我欣然領悟，這才是家庭生活，喧嘩熱鬧，無時無刻不在交流，我在一個正常家庭度過少女時期。

高三的時候我申請三間香港的大學，當然是為了尋求母愛。母親去香港後，每一個月都會發一封電郵給我，內容不外乎要好好讀書、做個獨立自主的女人。在我初中一年級那年，她告訴我，她再婚了。

香港城市大學錄取了我，讀傳播系。我發電郵給母親講這個消息，她回信說：「我們住在城大附近的義本道，你就住我家，正在準備你的房間。」

我大學四年、研究所兩年都跟母親住，所以說我是在兩個單親變雙親的家庭長大。

由澳門赴香港就讀，我出了九龍中港碼頭關閘口，母親等在那兒，她的容貌和身材跟十年前一樣好看，可惜我沒有遺傳到一點她的美麗。她身旁站着一個高個子中年人，海藍色的領帶，五官端正，跟母親匹配。他接過我的兩件行李，母親說：「你就喊他蔡伯伯。」

母親的家一塵不染，有工人天天來打掃和做飯。我的房間是淡紫色，牆紙用紫鳶花圖案。母親還記得我喜歡紫鳶花。我進入另外一種家庭，另外一種階層。母親和蔡伯伯說話輕聲細氣地，臉上都帶着微笑。他們在同一家銀行總行上班，他是副總經理，她是會計主任。由蔡伯伯說廣東話的腔調，聽得出他來自台灣。一家三口常去文化中心聽音樂會。

在我二十五歲開始讀博士班的時候，變成了孤兒。在澳門的父親車禍喪生，半年以後，在香港的母親腦溢血過世。他們兩個都只活到五十一歲，明明是冤家對頭，為什麼像是約好了一起走？是不是在我還沒有出生的歲月，他們有過刻骨銘心的愛情？蔡伯伯辦完母親的喪事就辭職回台灣去照顧他八十多歲的母親。

另外一個變化是我成了富婆。父親的遺囑裏，房子給惠姨，大部分動產給了我。母親義本道的房子的一半產權和她所有動產都給了我，蔡伯伯把他那份義本道房子的產權也給了我，他來自台灣非常富裕的家庭。

在父親周年祭日，我回到澳門跟惠姨一同去氹仔菩提園的靈骨塔拜父親，隨後跟惠姨回到我們老家，她望着我似乎有些猶豫，但還是開了口，「阿囝，我要再婚了……你不要那樣望着我。跟你父親在一起，習慣了被他照顧，習慣了兩個人，這一年非常非常不慣，他是你父親的朋友。」

我花了半年才消化了惠姨的老伴觀念。蔡伯伯由台灣飛來跟我一同去上母親的墳。過後我們在半島酒店茶座喝咖啡，我說：「蔡伯伯，現在你身體很好，條件也好，考慮再找個伴吧，我不介意的。」

蔡伯伯望了我片刻，只說一句話：「愛不是那樣的。」

愛有不同的程度、不同的熱度、不同的面貌。的確有除卻巫山不是雲的境界，真愛是不是這樣？

第二輯

春天的陽光

手工洗車廠

杏雲一向在百貨公司地下停車場的洗車站洗她的豐田小轎車，洗車二十次的套票剛好用完。早上十點她開車去買菜，經過菜市場附近的一家手工洗車廠，心想把車子放下，自己走去買菜，回來就可以取車了。

她在路邊停了車走出來，洗車廠是個大鐵皮棚，約有四個店面大，棚裏停了三部車，洗車廠前路邊還有兩架。一個四十多歲的男人走出來，精瘦的高個子，一張黝黑的長臉，對她冷冷地説：「現在車多，你要洗，下午四點再來。」

杏雲說：「好吧！」

那男人看了看她車牌，說：「我會抄下你的車牌，下午四點，過年加價到四百五十元。」

杏雲想，過四天就是除夕，洗車一般都加價的，不如現在開車去辦別的事，下午四點再開車來，放下車去黃昏市場買菜。回想剛才那個說話斬釘截鐵的男人，「滿臉橫肉」四個字閃進她的腦海，其實應該是「滿臉豎肉」四個字，他一臉兇相。她想到四天前那件震驚全台灣的大寮監獄案，六個劫獄的重刑犯，最後全部飲彈自盡。她想說不定這個洗車廠的老闆是從良、務正業的再生人呢。

下午四點杏雲開車到洗車廠，有一個女人在門前對着一部車沖水，黑長褲塞在米漿色的長筒膠鞋裏。她對裏面叫：「有人來了。」

那個男人放下手頭工作走出來說：「車子多，要洗車明天來。」

杏雲忙大聲說：「你叫我四點來的。」

男人走到棚裏面一張書桌上拿起筆記本看，對她點一下頭說：「鑰匙交給我。」接着硬梆梆地對坐在書桌邊椅子上的兩個年輕女人說：「遊手好閒，快去擦乾那部車。」

四十分鐘以後，杏雲提着大包小包回到洗車廠，男人雙手忙着，口說：「你的車剛開始做，要等二十分鐘。」

杏雲說：「那我坐下來等好了。」就在書桌旁的椅子坐下。

這個鐵棚工廠，再簡陋也不過，書桌和木椅都很破舊。男人正在洗另一部車的雨刷，她注意到他不但快手快腳，還一絲不苟。書桌上手機響了，正在擦乾杏雲汽車車身的那個年輕女孩，一個箭步取了手機，接通了送到男人耳邊。男人雙手繼續工作，口中說：「今天晚上也排不上，你的車明天早上八點鐘送來。」

杏雲說：「老闆，你的生意好旺。過年了，人人都要洗車呢。」他說：「平常也這樣。」

杏雲想認真工作的人，天道酬勤。那個沖車的女人，身材嬌小，面貌清秀。那兩個擦車的女孩，都穿牛仔褲，身材苗條，再看三個人的面容，杏雲恍然大悟，三人是母女，她看錯那位一家之長了，這是一個家庭手工廠。手機又響了，矮的女孩接了說，「老爸，是鐘錶行的林老闆說：「叫他取車。」

果然是一家人。兩個女孩在擦杏雲的車，矮的對高的說：「你要遵命行事，去擦後座！」

杏雲問矮的，「你是姊姊嗎？」她點點頭。杏雲說：「怪不得命令妹妹。」

男人說：「你們兩人決定晚飯吃什麼。」

姊姊說：「爸，你要吃什麼？中午只吃兩口，不要晚上又不吃飯了。」

杏雲說：「你們實在太忙了。媽媽有時間給你們做飯嗎？」

婦人說：「我不做飯的，沒時間呢！都是外面買。」

杏雲看見書桌上一台華碩筆記型電腦，兩個女孩應該是大學生，寒假幫父母洗車。她用讚賞的語氣說：「可是兩個女孩都養得又好看，又能幹呢！」

這對夫妻的臉都出現笑意，男的說：「怎麼生就隨便養呢！」

妹妹叫：「爸，到底吃什麼？」男的說：「不知道！」妹妹說：「不知道？不給你買！餓餓你。」男的說：「不孝女！」

杏雲體會到玩笑開得越狠，表示一家的感情越融洽。她開車離開的時候，看見廠門上方的招牌：「誠信洗車廠」。

山中出事之後

香港島其實是大海海面上突起的一座大山峰，又散成無數個小山峰。馮月站在一個高高的小山峰上俯瞰，夕陽把幾十個山頭染上淡金，這應該就是金碧色，她的心情平靜下來。忽然察覺該往回走了，一小時後天就黑了。一走上山徑，心中又紛亂起來，修為什麼總是催婚？她說過多少次等她通過了博士口試再討論婚事的。中午吃飯才吵過，他老是要知道她的行蹤。兩個人的個性差別太大。她不愛受羈絆，凡事即興；他重視細節，規劃周詳，早把她排進自己的二十年計劃。馮月開始懷疑他們是否合適，雖然不吵的時候，相處真的很快樂。走着走着她覺得口渴，她不像一般登山客背背包，而是側背一個帆布書包。她站定，取下書包，拿出水瓶，接着一面繼續趕路，一面喝水。

馮月犯了登山的大忌，走路之際同時做幾件事情：她口中喝水，腳下行密林中蜿蜒的沙土徑，心中想着煩惱事。跑鞋在小沙石上一滑，她滾下山徑旁的山坡，非常陡的險坡。感覺上滾了近一分鐘，其實只滾了六秒。她的身體四肢擦過樹幹、大石頭，最後被一棵大樹樹幹擋住。她聽自己大聲叫喊，左腳非常痛。靠着樹幹，定下神來四望，險坡上下全都長了五公尺以上傾斜的樹。往上望不見適來的山徑，往下望大斜坡伸延不見底。

除了左踝劇痛，肩部、右邊肋骨部位都痛，右掌擦傷流血。她手扶樹幹試着站起來，左腳痛得裂心裂肺！是踝骨碎了嗎？只好抱着樹幹坐下來。她想要打手機向修求救，但書包沒有掛在身側，是剛才因為方便放回水瓶，她把書包吊在左肩上，摔落的時候，書包脫離肩膀，滾下坡去。用目光搜索，斜坡上下都看不見書包，不知滾到何處去了？還好修一定會去警察局請他們定位找她。忽然她臉色發白了，因為跟修生氣，下午她把手機關了。

馮月被恐懼籠罩，她大叫救命，才叫兩聲，忽然住口。她走的不是太平山山頂通往薄扶林水塘的山徑，而是由這條熱門山徑上叉出去的一條小路，平常少人行走，日暮時分根本不可能有人。林中更暗了，她看見斜坡上方有條長東西在蠕動，是蛇？身上有黑色的環紋啊！是銀環蛇，毒蛇！她全身發抖，閉上眼。再張開眼，那條蛇在兩公尺的上方移動，細看黑色環紋散亂，蛇身灰色，背上淺褐，幸好，是無毒的滑鼠蛇，一點五公尺長，由她身邊滑行而下。

在這荒山上，不會有人來救她，幾天，甚至幾十天都不會有人知道這大斜坡下有一個受傷的人。她會在孤絕中虛弱下去，神智慢慢消失。

着急的會有修、遠在台灣的爸爸、媽媽。她不想變成荒山上的一具骷髏，只有靠自己了。在幽暗的光線中看見上方的斜坡有很多樹幹，還有突出的大石頭，可以借力，就雙手抓住一塊上方的大石頭，三肢並用往上移，每移動一點，左腳就劇痛。這樣子拖着身子移上山坡，跟時間競賽，爭取最後的天光。這旅程的艱辛，甚於她生平任何一場考試。

天全黑下來了，還是看不到上方的山徑，暗到連斜坡上方的樹幹也看不見了。她筋疲力竭地把身子橫在一根大樹幹上，只好在這裏撐着過夜。蚊子開始吸她的血，幸虧夾克口袋中有防蟲膏。

她領悟到每個人面對死亡的一刻都是孤獨的。她錯過和修過一輩子，兩個人在磨合中過平凡而幸福的家庭生活，錯過了！吃完午餐最後的對話是：「妳下午去哪裏登山？」「又管我幹什麼？我要做我喜歡做的事！」如果她願意被他的愛管束，就會告訴他這個山頭是目的地，命運就會不一樣。

馮月在夢和醒之間依稀聽見有人喊馮月！馮月！是修的聲音，她張開眼，什麼都看不見。她像一條抹布掛在鈎子上，身子掛在一根大樹幹上，她一手抓住樹幹側耳聽，遠遠傳來「馮月！」，真的是修的聲音。她拚了命大叫：「修！我在這裏，大斜坡下！」

另一個聲音是用擴音器在喊：「你不要動，我們叫你，你再答。」一呼一應地過了約五分鐘，她看見有五條手電筒的光束掃射到這個斜坡。他們找到了馮月，她離山徑只有四公尺。時間是淩晨一點。

那天晚上，馮月躺在移動病床上，由手術室中推出來，住進病房。她的腳踝斷裂，開刀打了鋼釘，上了石膏。肋骨斷了一根，還有其他多處皮肉傷。李修身坐在她床邊問：「麻醉藥效快消了，腳很痛嗎？」

馮月抓住修的手：「修，我想通了，出院就跟你去註冊結婚。以後慢慢再辦香港的、台北的喜酒。」

他的眼睛亮了，俯身在她額上一吻，問：「太好了，你為什麼改變主意？」

「我想，面對死亡教了我一些東西，許多事情不再重要了。以前不喜歡你管我，現在，管我、不管我都是好的。以前博士口試很重要，現在跟你好好生活更重要。對了，你怎麼知道我會去那個山頭呢？」

「兩個月前我們一起去那個山頭的時候，你說那是全港最美的群山日落，你要自己一個人來跟群山獨處。」

「連我說一句話都記得，你真好。你已經四十個小時沒睡覺了，快在這沙發上睡一下吧。」

真的，經歷了跟死亡只有一紙之隔，像馮月這樣感受敏銳的人，是會珍惜該珍惜的。

一見鍾情

香港島上鬧市中的這條斜街，一邊是中環街市，另一邊是一列商店。二〇一〇年代一天早上八點四十分，洶洶湧湧，都是趕路上班的人。一位六十多歲的老太太，拉着一輛小木板車，車上裝滿了塑膠瓶。她在人行道上一個重心不穩摔倒了，車裏上層的一些塑膠瓶震落地上。這時匆忙趕路的人流中，有兩個人，也只有兩個人，停下來伸手去扶老太太。方好一個人扶她一個胳膊。把她拉起來後，兩人的眼睛觸及對方，著西裝的男子和穿套裝衣褲的女子相望一眼，兩人感受相同：這個人面熟。他眼中的她，悅目而不奪目的五官流露一種聰慧；她眼中的他，國字臉上微彎的嘴唇流露親切。他們側頭望老太太齊聲問：「你沒事吧？」

老太太移動一下雙腳說：「沒受傷，沒事，多謝。」

他們兩人又幫老太太在匆匆行走的眾腳之間拾起散落的塑膠瓶。

兩人繼續趕路，湊巧走同一個方向。他們並肩而行。他心想，她腳程怎麼那麼快，竟然跟得上我，望她一眼，正迎上她仰望的眼睛。更巧的是三分鐘後，兩人走進同一座商業大廈，進入同一部電梯。她按十樓，他微笑說：「你是在那家慈善基金會工作嗎？」

她點點頭，看他按十五樓：「你是在那家建築公司工作？」

他對她一笑。到十樓，電梯門開了，忽然他感到一種急迫，好像會失去一件珍惜的紀念品，她跨出門前回頭，用眼神說再見。他跟着出了電梯，擋住她說：「今天下班我們去喝咖啡好嗎？」

她望進他眼中半秒：「好的，六點半見，在樓下大廳。」

她走向公司門口時想，從來沒有這樣答應一個陌生人的邀約，但不覺得有什麼問題。他等電梯時想，從來沒有約一位姓名也不知道的女子，但做得好。

他們兩人的家分別住在港島和九龍。他小學的時候，父親、母親開車去他們家開的獸醫診所上班之前，先送他去學校，他總比同學早到二十分鐘，從小習慣早到。她母親送她去上小學時，每天都會早到十五分鐘，為了養成她超級準時的習慣。

他八歲開始就每周末跟着父親，還帶着家犬拉不拉多狗狗去老人院，他父親親切的慰問、他的活潑、狗狗的溫馴，組成親善大使團。她的大哥是社會工作者，在她初中的時候，冬日周末常帶她去明愛機構做義工，把被褥、衣物送去給獨居老人。

他們兩人讀高中和預科都不是讀英文中學名校，也正因為如此，特別用功。別的同學都開始交異性朋友了，他和她不是讀書，就是運動，都偏向一個人隨時能做的運動，她慢跑，他騎單車。兩個人在同一年考大學，都進了理想科系，她考進中文大學工商學院，後來選了一些非牟利機構方面的課。他考進香港大學建築系，後來選了幾門建築環保方面的課。

分別讀中大和港大期間，他們都是學霸，那是高中養成用功習慣的延續。有趣的是，因為他們自小就培養了一些正面價值觀，內在世界比較踏實、自足，所以流露一種自信，一種有型，於是吸引了不少仰慕者。有五個男同學向她告白過，她跟其中一位交往了不到一個月就喊停，因為他的控制欲太強。他有四個女同學向他暗示，他跟其中一位交往了一個月就中止，因為她來自大富家庭，太着重物質。所以他們兩個在大學都沒有戀愛過。

他們兩個一畢業就進了現在任職的那兩家公司。工作了三年，因為表現優異都升了級。其實他們同乘電梯無數次，他常用手臂為晚來一步的人擋電梯門，她常為進出電梯的人按住開門鈕。但是他們兩人三年不相識。

那天下午六時二十五分，樓下大廳有兩部電梯的門同時開了，他和她分別由兩部電梯走出來，然後發現對方。兩人的眼睛都閃亮起來，笑容背後轉着一樣的念頭：「原來你也那麼守時。」

在咖啡廳，他們各自付款，拿了咖啡一坐下，他就自我介紹姓名，她也告訴他自己的名字，他們根本就沒有想到交換名片，因為早已經界定彼此不是職場關係。他們自然地談起自己工作。他說很幸運在這家建築公司工作，因為它在環保方面做得很出名，自己就分派在環保設計部門，學到很多東西。她說在這家慈善基金會做事，每一分鐘都是在幫助人，感覺很充實、很幸福。兩個人愈說愈熱切，愈談愈開心。忽然他身子彈了一下，看看手錶：「哎呀，陳小姐，已經七點十五分了，我七點半約了人在銅鑼灣吃飯，會遲到的。對不起，我得走了。明天我們可以一起吃晚飯嗎？」

她看他急的樣子，笑了，只會早到的人，竟然遲到，多麼難受啊：「好，也是六點半，同一個地點。」

一個月以後，他們訂了婚。

其實，密切的緣分，有太多我們當時不知道的背景、養成和期望。

敍舊的緣分

這故事發生在美國中西部，二〇一三年，秀晴由大學學生活動中心的落地窗望出去，湖邊的地面積了兩吋的雪，連枯樹枝枒上面也鑲了一層白雪。她在鄰州一個大都會的市立圖書館任館長，應本州大學城的郡立圖書館之邀，來這個小城演講，講完開車回程上，順路一訪二十五年前她讀碩士的校園，過去二十五年從來沒有回來過。

她在大學的學生活動中心望着窗外湖邊那個ㄇ字形的石椅，兩個礅是短的柱形石塊，上面橫放一塊大理石，椅面上也積了昨夜落的雪，有兩吋厚。石頭是持久的，沒有換過。二十五年前她和茂雄就並排坐在這張石椅上。是夏天，湖上有人划艇，他們兩人的內心卻正下着雪。

他說：「你真的不留下來在歷史系讀博士？」

她說：「我明天就離開，去柏市的圖書館報到。」

他說：「你堅持要分開？」

她說：「將來我還是會常由美國飛去上海的。我們不能一輩子都天天吵架，這不是我要的生活，也不是你要的生活。」

他說：「自從半年前你跟你媽回上海探親，你就變了，開口就是上海怎麼樣，怎麼樣，表哥怎麼樣，表妹的音樂會怎樣。你就不能真心地愛台灣嗎？你也是那裏生的。」

她說：「誰說我不愛台灣了？但是我爸媽都是上海人，我也是上海人，如果你父母都是外省人，不信你對他們的故鄉沒有感覺。」

他說：「那是輕重的問題。你由出生到大學畢業，順順利利，台灣是你的搖籃，怎麼一下子變成次要的？」

她氣鼓鼓地不出聲。他們望入彼此眼中，不再是憤怒，只剩下刺痛。

她入神地望着那張積了雪的石椅，心中出現她丈夫的身影，肚子微凸的美國人。她在柏城第三年跟這位美國會計師結了婚，最初那幾年，不愉快壓倒性多過愉快，因為文化的差異腐蝕他們的熱情，之後是相敬如賓的生活。二十五年前如果她留下來讀博士，肯定會跟茂雄結婚，是不是磨合幾年以後，彼此就學會如何避開地雷？婚姻生活會是契合的。

茂雄到他母校的土木工程學系演講，跟系主任和以前的老師吃完午餐後，他一個人到湖邊散步，陽光和煦，草地初綠，他看到湖邊那張ㄇ字形的石椅，不由自主地坐到椅上。望着兩隻野鴨在湖上漂浮，陽光曬在他泛白的鬢角。他想，就是在這張椅子上他和秀晴並肩坐看晚霞。那個黃昏的晚霞大紅大紫，倒映在湖面上。

秀晴說：「這是多重的美麗。」

他說：「你說得不準確。倒影是不能反映天上所有的雲彩，所以連一倍也不到，怎麼可能是多重呢？」

她說：「你這個學土木的，腦子那麼死板，湖水有波有紋，反映的晚霞每一秒鐘都起變化，怎麼不是多重？」

他說：「我說不過你。再好看也沒有高雄澄清湖好看。」

她說：「你能不能好好欣賞一下這裏的晚霞呢？」

後來他們也就是在這張石椅上分手。茂雄想，如果那時他開車去柏市找在市立圖書館工作的秀晴，重修舊好，他們結婚了，現在應該是和諧的一對。在美國定居教書，過了幾年，他已經不像做研究生的時候那麼投入留美台灣學生的活動了。他拿了博士到西岸教書四年，三十三歲才結婚的，還是娶了一位外省女生，她是電機工程系的博士生。當他跟妻子去旅遊時，美景當前，秀晴會閃入他腦中，感性的、文藝的秀晴對這眼前景物會說出怎麼樣有趣的話呢？

美國四月的天氣，忽冷忽熱，變化極端。今天忽然隆冬，下一場大雪，第二天溫度上升，雪全融了，整天都是溫暖的太陽，豔藍的天。秀晴和茂雄前後腳踏入他們母校的校園，之間只差二十四小時。湮遠的歲月中一時鬥氣，錯過了，就是永遠錯過了。他們兩人是連敍舊的緣分也沒有。

第三輯

溫暖的泉源

媒人

力文探訪完一位住在偏遠鄉鎮的老同學，晚上開車回高雄的住處。他二十四歲，方由軍隊退役，在大學學的是土木工程，不到一個月就在高雄一家營造公司找到工作。因為周末的車潮，他避開高速公路，走省道。穿過一段偏僻的路，兩邊都是果園，前車燈的光圈中，有一輛機車平躺路邊，機車旁有個黑乎乎的人影。力文下車去查看，泥地上坐着一個人在呻吟，是一個微胖的中年男子，他喊：「我的腳在流血，腳踝很痛！」

力文受過急救訓練。見他腳面上有個小傷口，還在流絲絲的血，力文叫他稍稍移動腳踝，他大叫痛，但腳踝還能正常地移動。力文問：「是被汽車擦撞的？」

男子答：「不，自己摔的。」

力文決定不報警了，看來這男人沒有脫臼，應該只是腳踝扭傷，叫救護車會花時間，還不如自己送他去醫院快些，就對男子說：「我送你去台南醫院新化分院，十分鐘就到。」

力文回車裏拿一條長毛巾，用水瓶的水把它灌濕，包紮男子的腳踝，又拿小急救箱，用酒精、棉花、膠布處理了他的腳面的傷口。扶那男人拐着腳上了車。男子說：「真麻煩你。請借我手機，給太太打電話。」

他告訴太太叫一部小卡車去運機車，再開車去新化分院接他回家，一面斷斷續續地呻吟。

力文在醫院幫他掛了急診，照完X光片，醫生説：「是腳踝扭傷，頭二十四小時內用冰敷，過了二十四小時……」

正説着，一個中年婦女走進診室，劈頭就説：「摔傷了，那麼不小心！」

力文看他太太到了，就靜悄悄地離開，驅車回家了。

這對李姓夫婦回到家，忙完了冰敷，李先生驚呼一聲：「哎呀，我忘了問那個年輕人的名字，應該好好多謝他……」

這時他們唸高二的女兒補習完回來了。她問了父親的傷勢和受傷經過，問説：「那個人是怎樣的人？」

李先生説，「非常好心的年輕人，替我包紮傷口，開車送我去醫院，還幫我付了掛號費，又陪我看醫生。後來不知道什麼時候走了，只記得他個子不高，黑黑的。不知道哪裏去找他。」

李婷婷説：「你不是借他的手機嗎？媽手機上會有他的電話。」

李先生說：「不，我打的是家裏的電話，不會留下紀錄。不過，他心腸那麼好，不會在意別人道不道謝。讓我們也做善事，等於是回報他。」

李先生是茶商，之後每星期六早上，由太太照顧樓下的店，他跟女兒去新化醫院的詢問台做義工。婷婷受父親影響，常常參加中學的義工服務活動。

三年後，李婷婷二十歲了，在高雄一間依山面海的大學讀外文系二年級。外文系的女孩以時髦漂亮著稱，婷婷非常甜美，卻很樸素，她的室友秀麗則貌美如花，活潑外向，兩人被稱為文學院雙美圖，兩人每個都有半打追求者。婷婷挑了數學系三年級的阿杭，他眉目軒昂，但只比婷婷高四公分。秀麗問婷婷：「你怎麼不選那個又高又帥學資訊工程的？很多女生喜歡他。」

婷婷說：「跟那個學資工的不來電。他三次邀我看電影，都是有關ＩＴ機器人的，我真的沒興趣看，就拒絕了。杭會在網上找非常感人的影片，你看過《歲月神偷》嗎？我們看完討論了一個多小時。我們總有說不完的話。」

秀麗聽了，若有所悟。

婷婷看見學生事務處的一張海報，學校與原住民服務協會合作舉辦一個暑期義務教學營，去屏東深山裏的霧台小學，為原住民小朋友補習英文和數學。婷婷找了男友阿杭和外文系兩個女同學一同參加，其中一個就是秀麗。出發前三個星期，協會派來一位領隊，跟參加的同學講習，並指導他們設計教材。同學們一見到領隊就猜他一定是原住民，黝黑的皮膚，深陷的大眼睛，個子不高，但上身魁壯，他就是尤力文，跟營造公司請了假來帶隊。然而他一開口同學就忘了去猜他的種族。他說一口字正腔圓的國語，他介紹原住民兒童成長的社會，和他們的心理，他建議的教材設計，步步到位，還有他發自內心的誠懇感染了他們。秀麗覺得她認識的大學男同學中，沒有一個人像他對生命有這股熱忱。

十位同學在尤力文的帶領下，對三十多個小朋友進行遊戲方式的教學，晚上十位男女同學分別在兩個教室打地鋪。到第四天傍晚，小學的老師舉辦了燒烤惜別會時，秀麗坐到力文身旁說：「營火會完了以後，想問你做義工的事。我們可以出去走走嗎？」

太陽已落了，西天佈滿紫紅的晚霞，之下是一層層山影，霧像海浪在山影前慢慢滾動。他們在山徑旁的石頭上坐下。秀麗問：「你常常帶隊嗎？可以請到那麼多天假嗎？」

在微明的暮光中，秀麗精美的五官像是毛筆描出來的，她眼中發出柔和閃爍的光芒。力文微笑答說：「運氣好，我有一個體諒下屬的主管。他對我在公司的工作滿意，他自己也常去美術館做義工。所以他每年准我放四次假，好去原住民小學義務教學。」

秀麗問：「下一次什麼時候去？」

力文說：「一個多月以後八月去，去阿里山上的小學。」

秀麗高興地說：「我現在就報名。」

兩年以後秀麗才畢業就跟力文結婚了。

沒有人知道，真正的媒人是婷婷的父親李先生，五年多以前下決心以行善來報恩那一剎那的李先生。如果李先生沒帶女兒婷婷去做義工，婷婷就不會對做義工有興趣，也不會影響秀麗去霧台小學義務教學，不是那樣，秀麗有機會認識力文嗎？

空難

啟明坐在姑父的病床前，姑父又昏睡過去了，他守在病房已經二十八小時了。方才姑父醒來過，近八十歲的人頭腦仍然很清楚，他望着啟明微微點了個頭，沒有什麼表情，然後雙眼搜索病房，啟明知道姑父在找兒子，找他的表弟。這時病房門開了，一對五十歲左右的男女匆匆進來，啟明叫了聲：「表弟、弟妹。」

那男人對啟明猛點個頭，腳下直奔床前叫：「爸！」

姑父張開眼，看見兒子到了，眸子射出全然的放心和無限的欣慰。

兒子用雙手緊抓父親的手。

此刻啟明內心慣性地湧出那絲不快，四十年來姑父都是這樣偏心。自從啟明十一歲父母車禍雙亡，他就由姑姑領養，姑父對他一直都很冷淡。這次啟明忍痛放棄出國旅遊，都因為昨天清晨表弟由美國打來的長途電話，說姑父中風進了醫院，情況危急，他請求啟明去醫院辦住院手續，照顧老人家。表弟說已經訂到機票，但碰上了萬聖節假期，航班都滿了，只好訂晚一天的班機，要三十多小時後才能趕到台北。

啟明忽然驚覺表弟夫婦早到了八小時。一定是他候補上較早的班機，他看看錶，早上十一點，頓時氣得說不出話來。為什麼表弟上飛機前不給他發個簡訊呢？如果知道表弟今早能趕到，他就會和太太麗如搭上今早八點出發去斧山的班機了，反正姑父的病情已經穩定下來。為了這次韓國之旅，他和麗如計劃了好久，這是五年來他們第一次出國旅行。小兒子兩個多月前進了大學，去了北大。他們夫婦拿了假期，可以去韓國玩七天。他們要到慶州遊佛國寺、良洞村、天馬塚，他們要到濟州島爬漢拏山、探萬丈窟。為什麼姑父偏偏在起飛的前一天中風呢？

啟明跟表弟交接了照顧姑父的事項，就一個人去大學附近的一家速食店吃午餐。他的手機響了，是太太麗如：「明，太可怕了，出事了，我們原先要搭的那班機出事了！」

「出了什麼事？」

「太可怕了，那班機沒有抵達斧山，它在雷達上消失了，凶多吉少……」

啟明目瞪口呆之際，看見速食店牆上供顧客觀看的電視裏，女播報員正在說：「這班機在那霸西北四百公里的海面上空失事。一艘漁船的船員目擊它在高空爆炸……」

他腦中轟地一聲，嚇得張大嘴。高空爆炸！那麼機上的人應該全部罹難！如果他和麗如上了這架飛機，一定慘死空中。他們太幸運了，全機大概只有他們兩人逃過一死！剎那間許多念頭閃過他心中，為什麼死神會放過他？

他是因為姑父中風入院而取消旅程的。在他成長期間，在台灣鐵路管理局任職的姑父對他很苛刻。除了吃住，沒給過他一分錢，他的學雜費、球鞋、衣服、零用金全是姑姑給的。常出現這類窘況，姑父給表弟買了日本精工手錶，他得等半年後，做百貨公司店員的姑姑存夠了錢才買給他。昨天清晨表弟來電話求他去醫院時，他坐在床上一臉的猶豫，麗如對他說：「姑姑在世的時候，姑父對她不錯。看在這個份上，我們把韓國之旅延後吧！」

他是懷着怨念來照顧姑父，根本算不上什麼善行。

麗如常說種善因、得善果。她總在工作和照顧他們父子的忙碌中抽出時間，義務參加為臨終者、往生者辦的助念團，誦阿彌陀經。二十多年來她助念了兩百多場，應該撫慰了兩百多位亡靈，是因為這種功德嗎？是因為麗如，他才躲過一劫？看來以後要信佛、吃素了。

手機響了，是系上的同事陳助理教授，他的聲音充滿驚歎：「系主任，是你啊！謝謝天你還活着。在電視上看見那班飛機出事了，知道你是今天去斧山，就希望有萬分之一的機會你和嫂子沒有上飛機。」

「是，我們沒有上機，因為姑父進了醫院，我留下來照顧他。」

「善有善報啊！我們不能沒有你這位系主任。這一年來，你對新入職的我，總是不耐其煩地指導我。我真怕沒機會好好謝謝你。」

接着是兩個兒子的電話，還有系上八個同事的電話，全都說是上天保佑他沒有上那死亡班機，他們多麼感激他的愛護和幫助。看來有些事他是做對了，是這些做對的事令他倖免於難？他桌上點的紅燒牛肉麵，忙到一口都還沒吃。

電視螢幕上出現那間航空公司的辦公室裏，擠滿了罹難者的家屬，有的放聲痛哭，有的滿臉哀戚。而他這邊卻充滿朋友和親人的驚喜和感謝。飛機上一定有不少人善行做得比他多，為什麼他們反而遇害？這對他們太不公平了。記得麗如跟他説過共業的觀念。是他們多少輩子以前一同做過不該做的事，這次就一同遭難？他反省，想了半天，都是一直在找自己存活的理由，他做過的善行算得了什麼？頓時他覺得自己很渺小，他，是應該徹底感恩的人。

車禍中的奇蹟

這是初秋時節，落日時分，但天還是透亮的。馮燕坐在一輛賓士C350上，車駛在連接基隆和金山的基金公路山中路段，盤旋繞轉。這是禪修營結束時隨機分配的，開車來的人各自帶幾個沒開車的。駕賓士車的是車主趙先生，一家外貿公司的老闆，旁邊坐着他的朋友，經銷電子產品的洪老闆。後座右邊坐的是作家馮燕，左邊是一家出版公司的女總編輯。這次參加禪修營的學員不是中小企業主，就是藝文界知名人士。七、八輛車駛上寺院的聯外道路，接着上基金公路東南向駛去，開到基隆再轉國道去台北，然後各自回家。

馮燕一向貪戀山中景致，基金公路在山上盤旋有如九曲迴腸，觸目是一山一山的深綠。坐她身邊的女總編正在打盹。馮燕由左邊車窗和前車窗望出去，他們正駛下一座險峻如螺絲釘的山峰，車由峰頂盤旋而下，已經下到第三個圈，馮燕看得見方才經過的兩層旋路，兩層之間隔開約十公尺。

忽然她看見上面一層的路上出現一輛小貨車，亮着螢火蟲一樣的前車燈，刹那間貨車飛離車道，在她眼前騰空降下，落在他們車前面，撞到賓士車左前方，衝向左側的車道，在馮燕的視線以外，貨車在賓士車後面撞了陡坡，再打了一個三百六十度的圈，然後撞向賓士車的尾部。開車的趙老闆急忙煞車，賓士車功能好，一煞兩部車都停住了。

賓士車上的四個人受了驚嚇，呆坐了幾秒，前座的兩位親眼見貨車由空而降，衝撞自己車的車頭，接着感到車尾被追撞，車子前後急晃，因為兩個人都綁了安全帶，沒有受傷。後座的兩位沒有繫安全帶，馮燕清楚看見貨車飛下來，她的身體本能自然地挺住，沒有被拋起來。馮燕聽見左邊傳來碰一聲，是女總編在睡夢中頭撞到車廂了，女總編睜開眼不知道發生了什麼事，只覺得眼前一暗，頭有些昏。

馮燕第一個反應是，她應該立刻離開這輛車，腦海中出現電視片中火燒車的車禍場面。她一推車門，打得開，就立刻下車。這時前座的兩位老闆由右車門下了車，因為左車門撞凹了，打不開。他們三個去查看左前方被撞的部位。不得了！車左前方的鋼殼連車燈整個被削下來，飛到對面車道外的山腳下。趙老闆忙用手機聯絡賓士車行來拖車回廠，洪老闆則打電話去警察局報案。馮燕看女總編還沒下車，就過去打開車門，見她還坐在裏面發呆，就把她扶下車。女總編說沒事，就自己去站在路邊。這時左右車道的車都停下來了，兩條線各停了二、三十輛車。賓士後面原本就跟了四台禪修營學員的車，他們都下車來探視，看見兩輛相撞相頂的車，整整齊齊地排在右車道上，有兩個學員主動去指揮交通，讓雙向的車使用左車道通行。

馮燕跟着大夥去看貨車的情況，是一部舊的藍色小貨車，後面空着沒有裝貨。前座只有司機一人，他正低聲哀哀地叫痛，兩邊車門都撞扁了，有人試着開門，但打不開。司機四十歲左右，臉色暗黑。他還活着真是一個奇蹟。他行駛的車道之下，是四十五度的峭坡，發生車禍的公路之下，更是直下的峭壁。只要貨車飛下來的角度稍為偏一點，就會墮入山谷，車毀人亡。如果貨車飛下來與賓士車正面相撞，這場車禍可能奪走五條人命。貨車撞了賓士後，沒有鏟進山腳，居然在窄窄的雙向車道上打一個三百六十度的圈圈，咬住賓士車尾，安靜地停下來，這更是匪夷所思。你說這場車禍會有這種結果，是不是只有一億分之一的機率？

半小時後警車和救護車到了，消防隊員用電鋸鋸開貨車車門，司機一條腿卡在壓縮的車頭裏，救護人員救他出來搬上了救護車。方好其他禪修營學員的車裏有空位，女總編上了其中一輛。兩位老闆和馮燕上了另一台休旅車，一車六個人。除了馮燕，另外五個人一路上興奮地談論方才的車禍。馮燕方才似乎鎮定，上了車才浸在驚慌情緒之中，所以沒出聲。那五個人的對話有兩句打進她耳中：「那個司機本來是必死的，是你們車裏四個人，才修禪過，福報大，救了他。」賓士車車主趙老闆說：「是一個奇蹟，一定有護法在場，我們車裏不知哪一個是那個在未來會非常重要的人物！」

馮燕想那一個人不會是賓士車車主，因為他在事件中損失慘重。隨後幾個月她由學員的電郵中得知，女總編第二天進了醫院，三進三出，還請了長期病假，因為嚴重的腦震盪。貨車司機割了一條腿，當時出事是因為他開車打瞌睡。馮燕想趙老闆說的那個人會不會就是她？

從此馮燕有了一種使命感，她更用心地學習佛法，在作品中努力表現正面思維，在人間種下善因，她成為著名的佛教作家。十年後有一天她看一個美國電視節目Survivor，中文譯名是「倖存者」。引起她注意的不是影片的內容，而是倖存者三個字。她一直以為自己是那個天神維護的、非常重要的人物，她忽然覺醒這是自我膨脹，她只不過是一場車禍的倖存者，能夠活下來，沒有受傷，是運氣，餘生她應該用來感恩，用來學習瞭解自己。

溫暖之源

巴士上一群大學生正開心地說話，不時發出一陣陣笑聲。韓智明跟他們站在一起，卻沒有加入他們的談笑。他的臉圓圓白白的，看起來只有十四、五歲，其實上個月滿十八歲了。智明聚精會神地望着站在他旁邊的小男孩，應該四歲大小，正在鬧脾氣，右手拉着媽媽的手，拚命地搖，左手往上空指，一臉的祈求。智明望望小孩頭的上方，馬上明白他要的是什麼。

那位瘦小的媽媽嚴厲地說：「嘸得（不行）！」小男孩嘴角下撇，醞釀一場大哭。智明對那媽媽用蹩腳的粵語説，「我抱他去扶，可以嗎？」媽媽含笑點頭。小男孩雙眼亮起來。智明雙手把小男孩舉起，舉了三分鐘，小男孩伸手抓住吊下來的、三角形的橙色把手，笑嘻嘻地用力搖晃它，開心地玩了三分鐘。這是一種猴子吊樹枝的樂趣。他的小虎牙與智明的酒窩相映成趣。

智明憶起小時候父母帶他在北京坐公交車，在台灣叫公共汽車，他也喜歡做猴子。一上車爸就笑着問他，要不要抓把手，直到有一次他不耐煩地回答：「爸，不要。我都五歲了，多難為情！」智明忽然驚覺，自己不一樣了。以前從來不關心小朋友，自己這一代全是獨生子女，沒帶過弟弟、妹妹。而現在他總會被小男孩、小女孩吸引。這是他參加書院的社區服務活動才開始的變化，他們到溫暖之源做義工已經三個月了。

溫暖之源是澳門的一家慈善機構，其實就是孤兒院。他們這批大學生分男女二組，女同學幫忙帶方出生到三歲的嬰孩，男同學帶三歲到六歲的小孩。智明第一次去就知道為什麼大一點的小孩由男生帶了。那天溫暖之源的住院老師分兩個男孩給他帶，在氹仔公園裏兩個小男孩到處跑，追得智明筋疲力竭，最後半小時他才想出「固定」他們的辦法，給他們舉辦邋鞦韆比賽。那個好強的小偉對智明很黏，現在每次去都要騎在他肩上玩跑馬。

但是今天是最後一次去溫暖之源。這個計畫為期三個月。書院的導師徐老師告訴他們書院生要給小朋友做心理準備，大哥哥、大姊姊突然消失，小朋友會失落的。智明想，他會照徐老師的指導，好好跟小偉說自己不再來的事。

他們進入溫暖之源的兩層小樓房，智明在活動室找不到小偉，在戶外遊樂園也找不到他，最後進入小圖書館，看見小偉一個人坐在大桌子前，翻一本書。智明在他旁邊坐下，坐在小小的椅子上。小偉只顧着看那本童話書，頭也不抬。小偉長得高瘦，大大的眼睛特別黑。智明說：「小偉，我們出去玩吧！」

小偉氣鼓鼓地大聲說：「還玩什麼？我知道你今天是最後一次來，還玩什麼？」

智明忽然覺得自己責任重大，他知道要怎麼做了。他伸出手臂，環住小偉的雙肩說：「我跟你一樣，也是學生，你是幼稚園生，我是大學學生，我不像住在這裏的老師，是不能一直來的，過幾天放暑假，我就回北京了。我很高興認識你這個小同學呢！」

小偉望着他說：「大哥哥是我的同學？」

智明點了一下小偉的鼻子說：「是啊，在你這個同學身上我也學到東西呢！」

小偉問：「真的？學到什麼？」

他笑着答：「第一次學到怎麼做一個大哥哥，對我很重要。來，我們出去玩。」

小偉把手放在他手中，兩人走出了圖書館。

第四輯

破繭的蝴蝶

三次道歉

啓白張開眼，只他一個人，麗明不在床上。已經九點半了，今天是星期六，可以無牽掛地要睡多晚就睡多晚。對了，昨晚和五個大學同學聚會，六個三十歲的男人幹掉三瓶威士忌。依稀記得昨晚回來跟麗明吵過架。他由枕上坐起，低頭看麗明平時睡的位置，床單上一點皺紋也沒有，顯然她沒有睡這裏，結婚兩年只有他們其中一人感冒了才分床，此事非同小可。他皺起眉，兩人到底吵什麼？記得他進客廳沒看見她，找到她在書房列印東西，帶着酒意他數說她不盡太太責任，阿冠的老婆會像韓劇中的太太，泡蜂蜜水給老公解酒，她沒泡；她不會做菜、不會撒嬌，後來還講了她母親，怪不得她生氣。他趕忙下床找她。

麗明在準備他的早餐。烤麵包、煎荷包蛋、一杯蘋果汁，正把一杯沖好的即溶咖啡放到餐桌上。桌上沒放她的早餐，應該用過了。他忙由她背後用雙臂摟住她，他知道女人要用這種溫暖來融化。麗明卻見招拆招地用雙手格開他的雙臂，面無表情地走向書房。他趕忙用一句「老婆對不起」來止住她的腳步。麗明站定，側過臉，眼望前方，好像望着牆外看不見的天空，他匆促地說：「昨晚喝多了，一定亂說話，老婆請你原諒我。」她板着臉聽他說完，等了兩秒鐘，就走進書房關上門。

啓白知道她真生氣了，因為連一句罵他的話也沒說，為什麼生大氣呢？想起他們結婚前曾約法三章，他答應不做大男人。約定家用兩人均攤，約定早餐她做，每周四天晚餐他做，其他在外晚餐約會。另外請鐘點工來清潔和洗衣服。昨晚自己大男人式地叫她做蜂蜜水，抱怨她不會做菜，是自己不遵守約定，要去道歉。

啓白開門進了書房，沙發床打開還沒收，上面放着疊好的床單，她坐在書桌前沒回頭，他在旁邊坐下，認真地道歉：「麗明，是我不對，我們講好夫妻平等，昨晚卻抱怨你沒有做好傳統的太太。因為喝了酒，在潛意識層的大男人思想就跑出來了。我會反省如何真正做好平等對待太太的男人。」

麗明抬頭望進他的眼睛，這是早上她第一次正視他：「我不會因為你說過的這些話而生氣的。你比很多丈夫都開明、負責。喝了酒發發牢騷也正常，但是我不能忍受你侮辱我媽！」

他頓時張口結舌，他怎麼會侮辱她母親？依稀記得他是講過她母親，他困惑地問：「我說過你母親什麼？不記得了。」

她口氣結冰般冷：「如果你記得要我沖蜂蜜水，你也應該記得自己詆毀我媽的話。」說完站起來，把列印好的一疊紙交給他，然後快步走出書房。

啓白呆了片刻，開始翻看這一疊紙，是有關糖尿病患者該注意的各種事項。這是因為啓白的父親前幾天診斷患了糖尿病後，啓白叫麗明準備的資料，因為她有這方面的知識，她是學護理的，在一間大學任衛生護理中心主任。原來他醉醺醺進書房的時候，她正在列印為公公準備的筆記，而他卻數落他的岳母。他忽然記起昨晚的對話了。

「又在忙你自己的工作！知道我會喝酒，為什麼不泡蜂蜜水？還是阿冠的太太對他好！」

她笑嘻嘻地說：「對，對。最好跪着給你送上拖鞋。」

他藉着酒意鬧：「你又不會做菜、又不會撒嬌，都是跟你媽學的，就是因為你媽這樣，你爸才會離開她。」

麗明的臉刷一下紙般地白：「你怎麼可以胡說！在我大學畢業以前，她為了帶大我們三個孩子，白天在工廠做工，晚上在雜貨店上班，哪有時間做飯？我不會做菜，是我沒天分。」

他自顧自地抱怨：「你怎麼老回娘家看她！我替你把娘家房貸餘款一次付清，就為了安頓好她，讓你跟我在一起。」

「我媽肩痛得厲害，我幫她按摩，不應該嗎？我不是每周都替婆婆按摩嗎？兩年前就說房貸不需要你幫忙，我和弟弟都在做事，分期付款不是問題。」

他發起酒瘋來：「我的錢也是辛苦存的，你母親只謝過我一次，她很貪心。」

麗明發火了：「你怎麼可以侮辱我媽？侮辱我，可以忍，我媽不行！」她衝出書房，出了大門。他回到臥室，倒頭就睡。

啓白想，的確是自己堅持要付清麗明家的房貸。他們小夫妻住的公寓是他父母送的。但是婚後這兩年添置的彩色列印影印機、第二部電視，都是麗明自己出錢買，而且是岳母授意的。自己為什麼抹黑岳母呢？是不是自己的女人，不論身心都要全部佔有？自己是有點病態？硬要付房貸，是要買斷她女兒嗎？這不是封建思想？他想麗明一定氣瘋了！

他衝進臥室，她正在收拾行李。他抓住她手臂：「我不應該冤枉你母親，她是個大方的人。是因為你那麼愛她，我嫉妒了。她是位了不起的母親。」

麗明沒有甩開他的手，她眼中流露一種釋懷。

傷害了人，要真正安撫人家的心頭之痛，道歉是不夠的，需要非常認真的反省和對對方的體貼，不是嗎？

安樂登山

俞安樂把洗好的玻璃杯往上面的櫥櫃裏放，心裏想着早上醒來時，夢中陰沉的天空，他被烏雲壓住。哐啷一聲玻璃杯落到瓷磚地上，碎成十多片。他心一沉，自己不論做什麼事都做不好，這是宿命。太太和兒子正要出門，一個去製藥廠上班，一個去新營高中上學。兒子避開他的眼睛，他知道兒子在想什麼，爸爸真沒用，還不如沒有這個爸爸。太太一身職業婦女的天藍色套裝衣褲，她臉上沒有怒氣，也不見以前對他的關心，她說話的時候沒望着他：「你不用收拾，今早清潔工會來，你不要總待在家裏，出去走走，只要坐客運車，就可以到關子嶺，洗洗溫泉，去散散心。」

太太一定極力在忍，面對這樣一個沒用的丈夫，一分鐘都嫌多餘。他轉身回到書房，像退休後這半年一樣，躺在長沙發上，浸在沮喪的情緒中。

俞安樂看見手上有細細一線光，是百葉窗簾隙縫透進來的陽光，冬天的陽光，他想到太太叫他上關子嶺，但他一想到溫泉就討厭，死在溫泉浴缸中，發現他的人，面對又老又醜的屍體，會噁心到吐。總覺得動物很聰明，臨終時會躲到深山密林裏，靜靜地死去，沒有同類知道牠在哪裏。他以前的同事裏有愛登山的，說全台南縣最高的山是大凍山，登山口在關子嶺。忽然他有了目標，這是十年來第一次那麼明確。瘦弱的他穿上毛衣，加了件夾克，搖搖晃晃地走到一條街外的客運站。

在關子嶺一家小吃店向店員問清楚去大凍山的登山口在哪裏，他花了三十分鐘才走到登山口，遠方是巨人頭一樣的大凍山，眼前是第一座山，雞籠山，斜斜的山道兩旁的樹一片綠。但是他已經很累了，膝蓋發軟，想到走回客運站也要三十分鐘，就打退堂鼓，往回走，坐車回新營，到家倒頭就睡。

到了第三天，俞安樂小腿不痠了，坐在書房裏，想到藍色山嵐裏住的大凍山，山高一千四百公尺，晚上會很冷，安靜地躺在密林深處一個洞穴中，慢慢虛弱，失去知覺，是個很好的死法。他又坐上客運車到了關子嶺。在小吃店中買了兩個茶葉蛋，匆匆吞下去以增強體力。他走上雞籠山長長的、蜿蜒的斜坡路，走二十多步就休息一下，路兩旁的路樹之外，是漫山遍野的檳榔樹，根本沒有藏身之處，前後三三兩兩爬山的人，他們一眼看得清整個山坡。爬不到半山，他已經上氣不接下氣，膝蓋發軟，只好下山坐客運車回家。

第三次爬雞籠山登山道那個早上，他在家先吃了四片牛油塗麵包、三個雞蛋，終於成功地登上了雞籠山的山頂，叫嵌頂，卻大失所望。嵌頂像市集，有超過一百人，登山客、一家大小，絡繹不絕。地上有各種小攤，賣水果、蔬菜、飲料。原來有一條馬路可以開車上來，他很沮喪，哪兒去找一個密林安息的地方呢？旁邊有人問他：「你要去哪裏？」

俞安樂回頭望，是一個比他矮半個頭、臉上滿佈皺紋的男人，筆挺而精瘦，年齡應該跟他相若，六十左右。

「去大凍山。」

精瘦的男人說：「我帶你去，我正要上山。」

俞安樂說：「今天爬不動了。」

精瘦的說：「明天來吧，我天天爬，明天十點在這裏等你。」

第二天，精瘦的果然在等他，兩人起步上山，俞安樂看見他步履輕快，心中愧疚，說：「你還是先走，不要管我，我太慢。」

精瘦的用有力的聲音說：「不急，慢慢走，以前我身體比你還差，那是兩年前，鼻咽癌復發，只剩下三個月的命，半死不活。」

俞安樂不可置信地望着這個精力充沛的男人。上山步道的兩旁都是林木，但樹都不高，不算森林，還要再往上爬，他想。到一個轉彎處，精瘦的帶他走小徑到一個崖頭往下望。下面是一層一層下行的青山，冬天的台灣，它們依然綠意滿眼，俞安樂覺得很壯觀，才想起，這是他生平第一次由山上仔細觀看大地。

精瘦的天天陪他爬山，俞安樂爬不動的時候就送他回嵌頂，再一上一下分道揚鑣。俞安樂在第二十五度登山的那一次，終於登上了大凍山山頂。這二十多次相伴而行，兩人時不時交談一兩句，精瘦的説他以前的癌症病情和心情，俞安樂説他各種不順心的事。在家裏俞太太發現先生話題多了，談登山，談精瘦的。

在大凍山山頂，兩人極目望山崖下的大風景，精瘦的向他説明，山林深處那兒藏着什麼大寺院，嘉南平原上有哪些河流，俞安樂小學生認字一樣地學。他忽然驚覺，已經有五天沒有用眼睛去搜索安樂死的森林深處了。而森林深處就在他的周圍，任何方向進入密林幾百公尺都有安息處。

一年以後，俞安樂也變成一個精瘦的男人，每隔幾天就出去爬台灣某一座高山。

書院的嬰兒

他八個月大，小名山仔。起這個名字的原因，說來話長，在二〇一〇年代山仔生活在一間大學的一座書院中，大學位於澳門的中西部，叫氹仔區，氹仔是水窪的意思，所以他的爸媽就用互補法替他取了這個小名：山仔。你說大學怎麼連八個月大的嬰兒都可以入學、住書院？非也。山仔的媽媽是大雅書院的住院導師，在書院二樓有公務宿舍住，家人也可以入住，所以山仔合法地住在書院中，同住的有五百個學生和另外三位住院老師：書院院長、副院長、一位男住院導師。山仔也的確在大學入學，他就讀大學的托兒所。下午六點放學，他爸媽來接他回書院。

山仔具有山的特徵：肌肉結實，微胖，坐着像座小山；個性穩定如山；還像初春的青山，充滿活力。一個樂天的嬰兒。

書院是透過教育性的課外活動來培養學生的軟實力。因為他們白天要上課，所以活動通常在晚上舉辦。如果山仔的爸爸出差，不在澳門，山仔的媽就要面對難題了，正像這個晚上，書院舉辦一年一度大雅歌王初賽，山仔的媽必須擔任四位評審之一，那麼誰照顧山仔呢？因為書院的四位住院老師跟學生都很親，所以山仔的媽就把八個月大的兒子托給書院的學生會，一共出動了五位學生會幹事在大廳遠遠的角落照看山仔，他們輪流抱山仔，每個人約抱十分鐘，歌唱比賽持續了兩小時，抱山仔的幹事換了十二次手，山仔居然一聲也不哭，也沒有鬧，只有幾個片刻微微皺起他稀疏暢闊的眉毛，其他時間都笑嘻嘻的。

山仔的媽當然心繫兒子，她能專心做評審嗎？能的！能幹的她經常在心中同時處理兩、三個同學的問題，所以她能一心二用。她一面聽同學的歌聲、一面看他們的台風，眼角會瞄一瞄大廳角落學生幹事懷中的山仔。她不擔心山仔怕生，也不擔心他會哭，因為山仔只有餓壞了才哭，比賽前才餵過奶。

喲，這地方好大，人好多，一個接一個唱歌。整個地方還閃着各種顏色、會移動的彩色星星，好漂亮。我旁邊有五個人，都像會蹦的氣球。抱着我的是一個大姐姐，她很會抱小孩，因為方才她由媽懷中接過我，懂得握住我的肋骨，她的胸很温暖，她低頭對我笑，我也對她笑。這個大哥哥伸手來接我，用手抓我腋下，我身軀下垂，腋下很不舒服，他是個不會抱小孩的。他對我苦笑，要哭的樣子，我知道他其實很想抱我。我笑笑鼓勵他。

到山仔滿十一個月，有一天他參加生平第一次大宴會，在書院五樓院長寬闊的客廳舉行，活動包括自助晚餐和飯後茶會。其他參加的客人有書院的四位住院老師和三十多位同學，這些同學全部都曾參加書院之外的各種比賽，並榮獲獎項，這次宴會是院長為他們舉行的，祝賀胸懷大志的他們，勇於外出征戰，獲得勝利，有澳門大專辯論賽拿亞軍的，有全澳門壁球賽拿冠軍的，有國際花式溜冰拿季軍的。可是山仔卻成為這次宴會的主角。

長茶几前放了兩張花梨木的鼓形小圓凳，高四十公分，凳面直徑二十五公分，它們成為山仔表演的道具。山仔在客廳地面到處爬，每一次停下來都有同學抱他。他爬到一張小圓凳旁，圓圓的小手攀上凳面，雙掌一按凳面，雙腿站了起來，他開始「波！波！」大叫大嚷，果然全場三十多人都望向他。等所有人目光都集中在他身上，山仔就鬆開雙手，山峰一樣地立着，原來他的表演節目是：「站立」！全場鼓掌歡呼。不到三秒鐘，山仔腿軟了，嘭一聲坐下，臉上笑得不見眼睛。

那位男住院導師善於設計寓教於遊戲的活動，他決定讓山仔面對人生挑戰。他把兩張圓凳拿到一個九十度的牆角，置放兩張凳，讓它們和兩面牆形成一個菱形的小空間，再把山仔抱來放進這個小空間。山仔扶着一張凳面站起來，充滿好奇地望着滿屋子的人，自得其樂地笑着，忽然他不笑了，他想往前，卻發現自己被囚禁，出不去。他的雙眉鎖了起來。同學們想，山仔一定急壞了，要哭了。卻看見山仔用雙掌在感覺凳面，又用力推一下，凳子微微移動，笑容出現在他臉上，他用力推，圓凳緩緩移開。山仔脱困出來，全場掌聲雷動。

大叔把我抱到一個地方放下，在兩面牆、兩面木凳的中央，像個小小的家，有趣有趣。窗子好大，看得見一屋子的哥哥姐姐在喝東西。奇怪這小房子怎麼沒有門？沒有門要怎樣出去？當然要做一個門。啊，這面牆推得動，我是一隻運木頭的大象。哈哈成功做成一個門了。大家鼓掌，造門成功了！

有這樣一位媽媽，就有這樣一個獨立的嬰兒。她把山仔放到廣大的世界上，讓他跟人交往，讓他面對不同的處境，山仔可以很早發展他的個性、他的潛能。這座書院的學生肯定有一項獨特的才能：會抱嬰兒！這特長在一九九九年左右出生的獨生兒女世代之中非常罕有，未來他們會是有擔當的爸爸媽媽。這樣一個嬰兒，好奇一切聲光色彩，喜歡跟人互動，喜歡助人，在眾人前勇於表現自己特長，喜歡自己解決問題。將來他會是怎樣勇敢的少年！怎樣敢於創新冒險的青年！怎樣一個堅強的人！

人生狗生

淑玉養了一隻大麥町，俗稱斑點狗。以前養過兩隻都是混種的，她想這次要養純種狗，因為純種狗的個性和特長比較容易掌控。這隻兩個月大的大麥町買回來還附送一張香港純種狗協會頒發的血統證明書。從此她上網勤查大麥町的知識，好因材施教。她替這小狗起名字叫麗麗，因為牠真的很美麗。兩個月大的時候全身白得像雪，小方臉上一雙黑亮的、靈動的大眼珠。翻開牠白色的短毛，粉紅色的皮膚上有淡灰色的小點。到三個半月大的時候，白毛中生出小斑點，黑色的。麗麗的黑色斑點不密集，也沒有大片的黑，白底上稀疏的黑圓斑，清爽而亮麗。

小狗三個月大的時候，淑玉每天都帶着牠到大學宿舍外沙灣徑的人行道上散步。麗麗跟在她腳旁邊走，很努力地跨步而行。淑玉放慢腳步，好讓牠跟得上。有一天帶着牠走在人行道上，走回宿舍。忽然淑玉發現腳邊的小狗不見了，回頭看見一個女子朝反方向走，她的腳邊跟着麗麗！淑玉驚呆了，牠怎麼跟別人走了？再看那女子穿著跟她一樣，白色襯衫，米黃色卡其布長褲，白色運動鞋。原來麗麗是認衣著的！淑玉覺得太好笑了，就站定看牠跟一個陌生人會跟多久？牠跟了二十公尺，一人一狗忽然站定，那女子低頭望狗，麗麗抬頭注視她，淑玉這才大叫：「麗麗！」麗麗回身向淑玉狂奔，跳入蹲下的主人懷中。

我的歡樂時光就是到家外面去散步。世界好廣闊，氣味好豐富！有各種樹葉不同的香氣、行人行狗道上的水泥味、馬路的柏油味、汽

車駛過的油煙味、主人兩隻大柱腿褲筒的棉布味。這天我們本來是往回家的路走，可是主人忽然往反方向走，而且步伐加快，我拚命跑。忽然主人的大柱褲筒停下來，我望向主人，她怎麼變胖了！因為停下來，她的氣味濃郁了，奇怪，味道不對！這不是主人！我聽見主人的聲音由後面傳來！親愛的主人，原來你在那裏！以後我再也不靠衣服的味道來認你了。

淑玉查到網上說，十九世紀英國貴族的莊園大多飼養大麥町，牠們在貴族坐馬車出遊時，跑在馬車旁，做馬車的護衛，這種狗喜歡規律性的跑步活動。所以到麗麗三個半月大的時候，淑玉安排一人一狗的賽跑活動。大學宿舍一共有五棟，蓋在一個巨大的長型平台上，所以一人一狗可以在平台上賽跑五十公尺。淑玉不屬於運動型，但是要跑贏三個半月大的小狗綽綽有餘，所以跑到一半她會停下來站着等牠，到牠跑齊頭了，她再跟牠一同繼續賽程。

到麗麗四個半月大的時候，牠已經跑得比淑玉快了，現在是跑一百公尺。麗麗超前她一段路以後，居然站定回頭看她，等她追上牠再跑，淑玉心想，真會有樣學樣！再過半個月，麗麗超前更多，牠居然坐下來等她。淑玉想，這麼好整以暇，太不給我面子了。

我真的很喜歡跟主人賽跑，尤其是她那麼愛我，那麼體貼，常站住等落後的我追上來，就像當年我幼兒時期的散步，她會放慢腳步。四個半月大時的賽跑就贏主人了。我也學她，距離拉遠了就站住等她。過了十幾天，看她落後太多，我只好坐下來等她，因為我的心激蕩着要繼續跑的欲望，坐下來才能穩住我躁動的心，好好等主人。

麗麗五個半月大的時候，有一天傍晚，淑玉帶牠下樓到平台賽跑，一對英國夫婦在大門外叫住她，那位棕髮長臉的太太說：「你是住這棟的七樓吧！我們住六樓。你的狗常常吵到我們，牠會在樓上跑來跑去！」

淑玉瞪大眼睛說：「不會吧，牠在家裏不跑步的。」

那位太太說：「就是在客廳的位置，繞着圈子快跑，跑很多圈，像打雷一樣。」

淑玉想，鄰居沒有理由誣告一隻狗，所以她正經地向他們道歉。回到家淑玉思索，麗麗真的沒有在家裏跑步過，難道是她不在家的時候偷偷跑？第二天早上去大學前，她用白色粉筆來擦麗麗的四個腳掌。等下午回來，客廳那套沙發、茶几的外圈，木地板上有很多白粉腳印。原來麗麗是在主人面前裝乖。網上曾說：「大麥町會聰明到可以意識到是什麼情況下主人可以不必或不能給牠施加命令。」麗麗的確聰明。但也不能怪牠，身為馬車的護衛，一百公尺賽跑是無法滿足牠的。

由那對男女跟主人說話的態度，我嗅得出他們不滿主人，他們用眼角看我，散發敵意，但是不知道他們在告我什麼狀。當主人在我腳底擦粉，我知道在家跑步出問題了。三個月大時，在家跑步被主人喝止過。我絕對不會當面做令主人不高興的事。但是我的心臟狂跳要跑步，每天我禁不住自己狂奔的衝動。

次日淑玉帶麗麗到宿舍附近山坡的樹林中，放牠跑上半小時，麗麗歡樂地繞着她跑圈圈，越跑圈子越大。狗固然有時猜不透人類的思維和行為動機，但是我們人類又何嘗知道狗的思慮遠比我們想像的情深義重呢。

山之盟

三個亮麗的女孩子由西門町一家電影院散場出來，是一九九〇年代中期那個年齡女孩子的標準打扮：下面牛仔褲，上面一件鮮色的短袖運動衫。但是她們的亮麗似乎跟其他漂亮女孩有些不同，比別人多了幾分自信和自在：她們是台灣頂尖大學的學生，台灣大學外文系的一年級生。方才她們看的是香港導演王家衛執導的《重慶森林》。

花雲的眼睛左瞟一下秀氣細瘦的林台玉，右瞟一眼帥氣的韓清燕，她用清亮的聲音說：「王家衛拍這種戲，太注重營造氣氛，演員都沒有機會發揮了。金城武失戀的悲傷都只在表面；梁朝偉完全沒有魅力，傻傻的；王菲像個智商只有六歲的女孩；林青霞的演技完全被金色假髮、黑眼鏡、大風衣取代了。」

韓清燕、林台玉齊聲反對：「不對！不對！」

韓清燕搶在林台玉之前說：「王菲的演技一流，舉手投足都有我行我素的味道，演活了一個內向的、又敢於付出的女孩子。」

林台玉也細聲嬌氣地說：「梁朝偉的演技很踏實，把一個警員演活了，他的魅力就在他有踏實感。」

花雲調皮地笑着；「誰不知道韓清燕最喜歡聽王菲的歌！誰不知道林台玉最迷梁朝偉會放電的眼睛呢！今天不是看在《重慶森林》這個電影名字上，我是不會被你們拉來看的，我還以為真的有大森林可看，原來是指水泥叢林concrete jungle！」

因為才四點半，距離吃晚飯時間還有兩小時，她們三個就到韓清燕家去玩。韓清燕的家在附近，是一棟四層樓的透天厝，樓下的店面租給一家茶莊。花雲一登上二樓，進了韓家的客廳，就給牆上掛的一幅山景攝影圖吸引住了。

這張照片放大到長一米，寬一米半。迎面一座尖錐形的岩石高峰，由嶙嶙峋峋的巨大石塊組成，險峻、陰森、強悍得令她心中發毛，而這座尖錐山的後面，雲裏霧裏陡然出現五六座龐然的大山峰，她感到震動，心想：這才叫氣勢！這才叫崇高！

花雲回過頭問韓燕：「這座山在什麼地方？那麼壯觀！在台灣嗎？」

韓清燕說：「是在台灣，但什麼地方我就記不起來了。這是我哥哥明強拍攝的，他剛好週末回來在家，你可以問他。」

韓清燕上三樓去，沒多久帶着一個男人下樓來。他個子不高，身體挺直而健碩，步履篤定，有一點像直立的熊走路那麼穩重。

韓明強只見一個很好看的女孩子站在他那幅攝影前面，回頭用明媚的眼睛望着他，她穿着水紅色的運動衫、牛仔褲，長髮披肩。他才踏下最後一階樓梯，她就急促地問他：「這是台灣什麼地方？這張山景你拍得美極了。」

他心跳加快，有些興奮，但答話卻依然順暢而有力：「這是在南投縣與花蓮縣交界的奇萊山脈，這個錐形巨峰就是卡羅樓斷崖。高三千四百米。這張照片是我在奇萊主峰上拍的，主峰比卡羅樓斷崖還要高一百多米，所以可以俯拍它，也可以拍到後面的奇萊裏峰和奇萊南峰。」

妹妹韓清燕張大眼睛望着他，心想平常很少説話的哥哥，今天怎麼侃侃而談？是因為談山的緣故？還是因為問話的是花雲？

花雲眼中閃着好奇，她問：「奇萊山，是不是就是那個常常發生山難的地方？」

明強熱切地答她：「正是，就是發生在這個奇萊山脈。一九七一年清華大學五個學生去世的山難就發生在那裏。他們七個人到達山脈的脊棱，然後在山谷中紮營；第二天清早颱風就吹到了，馬上往回走，要回到松雪樓，五個人在路上罹難，只有二人生還。他們沒有去到目的地：奇萊北峰。一九七六年山難，陸軍官校死了六個學生，他們爬到主峰的山麓，剛剛紮了營，颱風忽然吹到，把帳篷都刮走了，他們就往回走，在路上全部罹難，所以他們也沒有登上我拍斷崖的奇萊主峰。」

花雲聽得入神，心中又欽佩、又羡慕他竟然能在這麼險峻的群峰上來去自如，她又回過頭看那張卡羅樓斷崖的照片，讚歎地說：「台灣竟有這麼壯麗的山啊！」

明強接着說：「台灣壯麗的山很多，連台北附近都有。比如說，由淡水的興福寮往東北走，爬到面天山的山頂，就會望見壯麗的大屯山。再爬上險峻的大屯山南峰，要拉繩索攀山徑，你轉一個彎，龐大的主峰會突然出現，主峰有一條小徑領你爬上峰頂，到了峰頂，你的人就好像跟巨峰一起與藍天合一了。」

花雲忽然覺得自己變渺小了，在大山之前變渺小了，在韓清燕哥哥崇高大山的經驗之前，她也是渺小的。她用謙卑的語氣望着明強說：「真希望有機會去爬這些山。」

韓清燕插嘴說：「那你就要找我哥哥了。他在唸台北工專的時候就是登山社的社長，服完兵役考進玉山國家公園管理處工作四年了，是位登山專家。」

花雲面對這位應該比她大十歲的男人，心中忽然嚮往起來，他談到大山的那種全神投入感動了她，他健碩的身體給她一種安全感。她說：「我可以到玉山國家公園來找你嗎？你帶我去看山好不好？」

他心中也泛起渴念，想帶這位充滿活力的漂亮女孩子去爬山，只帶她一個人。她說：「好，你什麼時候來？」

她說：「下星期來，下星期就放暑假了。」

她們三個女孩在一家餃子館吃完晚飯，韓清燕回家去了，花雲和林台玉兩人回大學宿舍。在公共汽車上林台玉對花雲細聲低語：「你這樣不太好吧，這麼主動老遠跑去玉山國家公園找他，他會認真的。他是五年專科學院畢業的，學歷低過你；個子又矮，你穿高跟鞋都會比他高。」

花雲笑嘻嘻地說：「為什麼那麼注重外表，那麼注重學歷呢？我覺得他不錯啊。他對大山很有感覺，我們學校那麼多男生，哪一個真的有崇高的情操？」

花雲和韓明強一前一後踏着玉山國家公園園區裏的步道，有些路段是木頭棧道，有些路段是泥土路。明強走在她後面，專心注意她的腳步，因為知道她從來沒有真正爬過高山，又只穿一雙時髦的白色球鞋，生怕她一步踏不穩，好隨時伸手相扶。他曬得黧黑的國字臉煥發喜悅，她真的非常漂亮，一路上已經有好幾個男遊客對他投來羡慕的眼光，她就是那種依在你身旁會令別的男人生嫉的女孩子。本來他心中有點自卑，像他這種學歷追求台大的女生，就是高攀。但是方才她爬坡爬累了，微喘着氣，停住步子，竟然把背輕倚在他胸膛上，這一下子，他的自卑情緒水一樣全流走了。花雲本來就是個率性、自然的人，覺得喜歡，覺得舒服，就靠過去了。

此刻兩人站在蓋好沒多久的塔塔加遊客中心的陽台上，明強伸手摟住她的肩，她回頭對他一笑，明強的心都開花了，他指點眼前的風景說：「看，那脊線蜿蜒而上，頭頂白雪，好像要起飛的樣子，當然就是台灣第一峰，玉山主峰，旁邊那座是玉山北峰……」

她的背緊靠着明強的胸膛，感覺那胸膛像山一樣堅實。她目瞪口呆地望着玉山群峰，與它們面對面又比觀看明強家中的攝影照片力道強上百倍，這種極度的陽剛之美真能攝人心魄。

在塔塔加遊客中心看完山景，明強就開車帶花雲回到國家公園入口的水里小鎮。他替她安排了輕鬆舒適、循序漸進的行程，第一天下午帶她去塔塔加中心附近走一個半小時的山路，晚上安排她住在水里一家乾淨的小旅館，第二天上午陪她在旅館吃完早飯後，帶她去鹿林山莊附近走走，走稍微陡一些的山路兩小時，十一點半回到水里吃午飯，然後送她去車站搭客運車回台北。

第一天黃昏他們在水里的一家小館子晚餐，吃燒酒雞和炒蕨菜。一開始是花雲一直問明強各種登山的細節，像是應該買怎樣的背包？背包裏要放什麼？要買什麼牌子的登山鞋？等等。顯然她對登山是認真的，不止是看看山景、走走步道而已。大概因為燒酒雞湯裏有米酒，花雲變得更放鬆，慢慢開始談自己了，談她與山的關係。她說：「奇怪，活到十九歲，從來沒有爬過山。我在高雄市長大，那是個海港。我一直都用心在功課上，放假也只是到女同學家玩。小學畢業郊遊，遊左營蓮池塘。初中畢業郊遊，遊澄清湖。高中畢業旅行，去墾丁公園，在沙灘上玩。你看，我跟山的緣分是今天才開始的，你呢？」

明強還在體味「山的緣分」四個字，趕忙集中精神回答她：「我們在台北市，小學畢業郊遊就是去陽明山。其實我四歲的時候，父母就帶我上陽明山玩。我初中已經加入學校的登山隊了。」

花雲笑着說：「我跟你不一樣，你真幸運，我中學的時候只能跟大山神交。初中二年級有一次上國文課，教課的是一位六十歲的老先生，他一時興起，搖頭晃腦地吟唱李白的〈夢遊天姥吟留別〉，那天我一放學回家就找出《唐詩三百首》來背這首詩。今天都還記得呢！這幾句真有氣勢：『天姥連天向天橫，勢拔五嶽掩赤城。天臺四萬八千丈，對此欲倒東南傾。』有趣的是，背了這首詩以後，我開始夢見大山，光在初中三年級，我就夢過大山三次，夢見就像今天見到的山，或者就像你拍的奇萊山脈那種山。」

事實上花雲顛倒了時序，我們的理性常把往事以錯亂時空的方式重新編輯，都是為了讓記憶中的往事能先後有序，順理成章，於是不免哄騙自己。實際上花雲不是在初三時夢見大山，而是在初中一年級就夢見大山了，但是她是到初中二年級才背誦李白那首詩的。那麼，她根本沒有爬過山，觀賞過大山，連有關大山的詩歌都還沒有入腦，又如何能憑空夢見大山呢？

那晚八點半，明強送她去小旅館後，自己回管理處的員工宿舍。他的情緒亢奮，回憶他們相處的每一個細節，尤其是她溫暖柔軟的雙肩，尤其是她專心望着他的神態，在床上回味了一個半小時才入睡。

花雲洗了澡就上床，因為走過山路，運動過，一下子就睡着了。她夢見群山競起，夢的並不是今天見到的玉山群峰，而是初中一年級時，夢見過三次的大山。山腰上有一條瀑布，順着山勢一層一層地往下瀉，往上望是雲霧，雲霧之上是相連的十幾座山峰，非常險峻，山脈的脊棱上還有山徑呢？這就是她的山，整個山脈都籠罩在一片深黃色之中，時間應該是黃昏吧。

其實這個山脈是她在嬰兒時期就經常見到。她眼睛睜開不到一個月，在她母親的懷抱中，就與這些山面對面了。雲裏霧裏，高峰之外還有高峰。以嬰兒的好奇和吸收力，她已經能感受到那些老樹的槎枒、層層瀑布的水勢、山峰群的崢嶸氣象——那是北宋畫家郭熙《早春圖》中的山水，雖說畫紙歷經千年而泛深黃色，畫中的山水依然氣韻生動。

每天母親一做完家事，就抱着她這個嬰兒站在這幅掛軸之前，母女二人一同觀賞早春水氣瀰漫的山景、觀賞宇宙的再生。這是母親在蜜月假期與父親同遊台北故宮博物院時，買回來的名畫複製品。掛在客廳與廚房之間的牆上。母親在結婚之前沒有登過山，結婚之後更沒有登過山，因為接連生下他們三姐弟。母親就像幾千年來無數個家庭主婦，一輩子與家務和兒女的養育為伍，是不可能有機會像中國古代士人那般，去遊山、看山、寫山、畫山。在花雲兩歲的時候，那幅複製品給廚房的油煙熏上一層黑垢，太髒只好扔了。母親好歹閒了些，大女兒上了大學，兩個兒子都在讀中學，父親依舊公務繁忙，他去年出任軍艦的艦長，一出海就兩個月不在家，母親開始打麻將，所有剩餘的時間都花在鄰居或自家的牌桌上，這本就是眷村主婦的生活模式。

花雲由水里回到台大宿舍時，已經深夜。第二天早上九點她就去到台大的學生活動中心，找到了登山社，裏面有兩個男同學正在策畫兩周以後登山隊爬百岳之一池有山的細節。花雲忙問他們還有沒有名額，她想加入這次的登山隊。他們一口答應，說這次登山就是為了訓練新社員辦的。接着那兩星期花雲忙着去運動器材店買登山的各種必需品，每天還做一個小時的熱身運動，在學校操場疾走練腳力，此外每天都在文學院二樓和三樓之間的石階跑上跑下三十分鐘。晚上去替一位教授唸初中的小孩補習英文，賺點外快。此外，就是到登山社向前輩社員問東問西。她忙得沒有時間給明強打電話，只寫了一張明信片向他致謝。兩周以後她如願以償地跟着登山隊十多個人的隊伍，登上了池有山的山頂。

在花雲離去後接連四個晚上，明強每晚都夢見她，一次是擁抱她，三次是拉着她的手一同看山景。她回去的第二天早上，他還打電話去台大女生宿舍，但沒找到她，當晚他向同事借來《唐詩三百首》，找描寫山水的詩來讀。到第五天才收到花雲的一張明信片，上面只有簡單的致謝。他明白了，她對他沒有意思，那兩天只是一場短暫的夢，但是從此明強卻喜歡上古典山水詩。

花雲成為台大登山社的中堅分子，沒有錯過一次登山之旅，到四年級還出任登山社的副社長。山的氣韻和氣勢似乎強化了她的個性，她更加明朗、果斷，心胸更加開闊。登山社社長是她同屆的，讀生物系，最終變成她的男朋友，但他也許不是她最心愛的。

你說一個從來不爬山的女孩子，忽然喜歡上登山，是很平常的事嗎？

後記：《鍾玲妙小說》的敍事方式

《鍾玲妙小說》中收了十八篇小說，大多是兩千字以內的極短篇。我希望它們能呈現人間善意和呈現對人生的體悟。十八篇分成四輯，第一輯「寬闊的天空」的五篇小說表現：善良的人性、寬廣的胸懷、體貼他人的行為、深刻的親情和愛情。第二輯「春天的陽光」的四篇小說表現：家人親情別樣的體現、對真愛的珍惜、深層契合的緣分、愛情的追懷。第三輯「溫暖的泉源」的四篇小說表現：行善促成好緣、倖存者的感恩心、自我膨脹的破除、青年對孤兒的關愛。第四輯「破繭的蝴蝶」的五篇小說表現：只有真誠感動人、走出陰影的過程、茁壯的幼兒心靈、人類試理解狗之忠誠、女性突破傳統的桎梏。

我會跟大家分享這十八篇小說用了哪些寫作的敍事方式。我寫它們的時候，採用較多的是：追溯人生故事發展的重要原因、聲東擊西的敍事手法、如何寫好不同於一般人的觀點、作者現身跟讀者溝通的用意、如何構思含有深意的小說題目。

如何追溯人生故事發展的重要原因？

基本上，小說是反映人生的，人生中發生的重要事件必然有其原因，原因又可分為主要原因和次要原因。小說情節的發展也如此，必須有因有果，環環相扣，而且合情合理。小說中大多會呈現故事的結果，所以也必須揭曉造成此結果的主要原因，還要條理分明地呈現這原因如何導致結果。

小說〈媒人〉的題目本身就指向故事結果的原因：結果是方力文和秀麗結婚了，誰是他們真正的媒人？〈媒人〉雖然是極短篇，但是卻事件繁多，人物羅列，敘事時間跨越三年。由摔機車車禍，到送傷者去醫院，到父女做義工，到女兒讀大學，女兒帶秀麗去山鄉服務學童，到秀麗和力文生情愫，到他們結婚。讀者讀着熱鬧的情節，大概會忘了這篇小說作者要說什麼，所以小說結尾點出關鍵的答案：「沒有人知道，真正的媒人是婷婷的父親李先生。」其實媒人很多，可以是力文的上司，他批假期，讓他去山鄉小學做義工；媒人也可以是婷婷，她影響秀麗的人生觀，帶她加入山鄉小學義工團。但是追溯到起點，是婷婷父親李先生動念做義工，以回報力文那一大剎那，引發隨後的一連串情節。媒人也不是李先生這個人，而是在時空之中動行善一念的李先生。

相對而言，〈一見鍾情〉就表達結果的各種原因，猶如眾多支流之匯集。表面上男女主角因偶遇而一見鍾情，其實背後有許多他們之所以能相契相合的原因，包括家庭教養、生活習慣、價值觀、戀愛觀等。

〈三次道歉〉中我們知道的「結果」是由男主角啟白的觀點來看的：他早上醒來發現妻子麗明在生他的氣，情況嚴重，但是他昨晚喝醉了，不知道自己說過什麼令她生氣的話。結果是妻子非常生氣。啟白在小說過程中尋找惹自己妻子生氣的原因。不是因為他的大男人主義作風，後來他才想起來，是他對妻子說過岳母的壞話。最後他發現說壞話背後的真正原因，是他內心深處對妻子的佔有欲，和對岳母的妒忌。〈三次道歉〉不是由客觀的角度追溯事件的原因，而是小說中一個人物，男主角，如何追尋自己生活事件的真相，當找到原因，認真道歉以後，他對自己有深一層的瞭解，也重獲妻子的信任。

什麼是聲東擊西的敘事手法呢？

我發現我喜歡用這種手法寫小說。所謂「聲東擊西」是，作者鋪敘情節先朝一個方向發展，引導讀者以為故事會那般發展。然後來一個大翻轉，故事卻改朝不同的方向發展。這種手法的效果是，讀者會吃一驚，對接下來的新發展會用心思考和吸收。〈手工洗車場〉的敘事是由女主角杏雲的觀點來看。她去洗車時，那老闆像是個黑道中人：「那個說話斬釘截鐵的男人，『滿臉橫肉』四個字閃進她的腦海，其實應該是『滿臉豎肉』四個字，他一臉兇相。」等我把老闆營造成一個狠角色，在後來發展中，杏雲發現這老闆根本不是黑道，他其實工作勤奮，個性外冷心熱。他們一家四口一面在洗車場工作，一面互相狠狠地開玩笑，那種家庭別樣的溫馨格外動人。

〈過世以後的母親〉是由女主角馮秀清的觀點來看，她說：「母親和她的關係並不親。」這樣的句子重複兩次，還有不少母女不親密的生活例子，把讀者導向她們母女關係疏遠的方向去。但是讀者看完全篇會瞭解母親對秀清細膩的關愛，也會體悟秀清對母親在歲月中日增的懷念。

〈十全老人〉一開始營造謝老先生如何是小城公認的十全老人，他勤奮創業，開超級市場，熱心行善，家庭圓滿，三代同堂。讀者以為一定是善有善報。第一個反方向的逆轉是他患了嚴重的癌症，不只是誤診造成惡化，而且開刀割除癌腫瘤縫合時沒縫好，造成腹膜炎，需要第二次開刀。讀者才正在想老天爺不公道啊！竟會善有惡報！他會不會被命運折磨到死？此時出現第二次逆轉敘事方向，病體虛弱的謝先生用他的寬容，阻止兒子對醫生追究，他二次開刀身體康復後，跟醫生們成為互相支援的好朋友，他的人生更圓滿。所以小說中暗藏了許多變化。

〈山之盟〉也用了聲東擊西的手法。我有一位作家朋友說：「我讀這篇小說，原本以為是愛情小說，好看得很，不知他們的愛情如何發展下去？怎麼知道啊，主題會一變，又再變！」寫〈山之盟〉的時候，我的確開頭把讀者引誘進一個文藝愛情故事，佈以下的局，讓讀者擔心這段愛情必然會起波折，因為雙方並不匹配：如女主角明媚亮麗，男主角個子矮、相貌平凡；女主角是第一學府的大學生，男主角畢業於由高中讀起、五年的專科學院。但是在這愛情情節中已埋下突變的伏筆。如果讀者仔細看，真正令女主角花雲震撼的不是男主角明強，而是一張明強拍的、奇萊山卡羅樓斷崖的放大照片。這小說的愛情情節由主線變成副線。花雲和山的關係變成情節主線。

〈山之盟〉第一次轉方向，是由愛情情節轉到女主角對崇山峻嶺的回憶。她記起初中就喜歡讀描寫高山的唐詩，也曾夢見大山。後來追溯到她對山的認識始於嬰兒時期，一生註定做家庭主婦的母親，抱着她看宋朝山水畫的複製品。所以主題突變成中國女性在三千年父權社會裏所受的桎梏，她們跟遊山、寫山、畫山的文化生活無緣。本小說敘事的最後一次轉方向，是把主題由集體命運轉為個人的突破，二十世紀末女主角花雲實踐了登山、愛山的夙願。所以〈山之盟〉到第一次和第二次的轉向發展，才進入該小說的正題。

如何寫好不同於一般人的觀點？

在我另一本小說集《鍾玲極短篇》的〈後記：極短篇小說的五種面貌〉中，我舉例談過觀點如何決定內容。現在我要談如何寫好比較特別的觀點。《鍾玲妙小說》中有兩篇採用了特別的觀點，都是第一人稱「我」的觀點：〈書院的嬰兒〉是採用不到一歲大的嬰兒為「我」的觀點，跟此觀點並列的是全知觀點。〈人生狗生〉是採用一隻斑點狗為「我」的觀點，跟此觀點並列的也是全知觀點。

如何寫好〈書院的嬰兒〉中的嬰兒觀點呢？八個月到十一個月大的嬰

兒如何看周圍的世界呢？嬰兒雖然還不會說話，但是對形狀必能辨認，我姑且用形容形狀的簡單名詞來描寫嬰兒眼中的人物、環境和事件。這嬰兒叫山仔，他形容照顧他的幾個大學生為會蹦的「氣球」；把兩面牆、兩面木凳形成的菱形空間認做「房間」；把凳子外面，當作「窗子」外面；推開木凳，推出通道，變成造「一道門」。孩童的想像力比我們豐富。因為迪斯可球燈超出山仔的認知，所以他形容：「整個地方還閃着各種顏色，會移動的彩色星星，好漂亮。」全篇只有兩段用山仔的觀點，其他都用語帶詼諧的全知觀點。山仔在師生的聚餐宴會中，雙手撐小凳站起來，他「鬆開雙手，山峰一樣地立着，原來他的表演節目是：『站立』！全場鼓掌歡呼。不到三秒鐘，山仔腿軟了，嘭一聲坐下，臉上笑得不見眼睛。」全知觀點語帶詼諧，是為了襯托山仔樂天、正面、積極的天性。

〈人生狗生〉有三段是用狗的第一人稱來寫的。還好我養過狗，養的也真的就是斑點狗，所以對狗有相當的認識，但是用狗的觀點來寫還是不容易。因為狗的嗅覺最靈敏，所以我用狗的嗅覺切入：「有各種樹葉不同的香氣、行人行狗道上的水泥味、馬路的柏油味、汽車駛過的油煙味、主人兩隻大柱腿褲筒的棉布味。」麗麗狗甚至嗅出鄰居的敵意。也因為幼兒時期的麗麗嗅錯了對象，所以鬧了一個大笑話。這小說是用兩種觀點並列着寫，一種是人的全知觀點，例如說：女主人看見自己遛的小狗，居然跟另外一個女人走了，她發現原來麗麗是靠衣服的味道來認主人的。由斑點狗麗麗的觀點寫同一事件，則透露她的學習進階了：「她〔另外一個女性行人〕的氣味濃郁了，奇怪，味道不對！這不是主人！我聽見主人的聲音由後面傳來！親愛的主人，原來你在那裏！以後我再也不靠衣服的味道來認你了。」

一篇小說用兩種不同觀點，還可以揭露一般情況下不為人知的真相。由人的觀點看，女主人知道麗麗狗很愛她。但是在人狗賽跑的過程中，她還是覺得麗麗狗有些輕視她，這是全知觀點：「再過半個月，麗麗超前更多，牠居然坐下來等她。淑玉想，這麼好整以暇，太不給我面子了。」但是當我們讀到麗麗觀點的內心獨白，才知道牠完全沒有輕視主人：「看她落後太多，我只好坐下來等她，因為我的心激蕩着要繼續跑的欲望，坐下來才能穩住我躁動的心，好好等主人。」可見對同一件事，用不同的觀點來寫，讀者可以瞭解麗麗對主人真心的體貼。

作者現身跟讀者溝通的用意為何？

本書十八篇小說中，不少小說的結尾出現作者現身跟讀者說話。我為什麼這麼做呢？其實傳統的章回小說中，作者會在每一回結尾現身說一兩句話。《西遊記》第三回「四海千山皆拱伏，九幽十類盡除名」的結尾，作者把故事打住說：「這猴王與金星縱起雲頭，升在空霄之上。正是那：『高遷上品天仙位，名列雲班寶籙中』。畢竟不知授個什麼官爵，且聽下回分解。」這種作者出場說話的敍事方式，源自說書人的傳統。說書人一天講故事講到一個段落，把明天要講的先點出，賣個關子，好吸引聽眾再來。

我用作者現身的手法是有原因的。小說〈媒人〉原本的結尾句是：「真正的媒人是婷婷的父親李先生，五年多以前下決心以行善來報恩那一刹那的李先生。」在《聯合報》副刊發表後，一位朋友問我：「〈媒人〉到底是在說什麼？」我這才知道，我自己當然明白這篇小說要表達什麼，即，舉凡重要的事必事出有因。但是我如果不說明，讀者不一定明白。所以我修改這篇小說時，結尾再加上由因到果的說明以幫助讀者：「如果李先生沒帶女兒婷婷去做義工，婷婷就不會對做義工有興趣，也不會影響秀麗去霧台小學義務教學，不是那樣，秀麗有機會認識力文嗎？」從那之後我常在小說結尾用作者身份說幾句話。我稱這種手法為「作者按語」。〈媒人〉的作者按語是解說，以幫助讀者。〈三次道歉〉的作者按語也是解說以幫助讀者：「道歉是不夠的，需要非常認真的反省和對對方的體貼。」〈解紛〉結尾的作者按語是一種互補式的解說。〈解紛〉的故事結局有一段空白，就是父親叫女兒在白紙上寫出母親一星期內對她做了什麼，緊接下來的場面就是女兒擁抱母親，到底女兒在白紙上寫了什麼？我沒有寫出來。作者按語給了間接的答案：「我們總是對前一刻發生不順心的事，牢牢記住，忘卻之前對方做過多少值得深深感恩的事。」意指母親做了很多令女兒感恩的事，女兒寫着寫着很感動，就出來擁抱住母親。

〈一見鍾情〉的作者按語是點題，也就是把主題點出來：「密切的緣分，有太多我們當時不知道的背景、養成和期望。」〈人生狗生〉的作者按語也是點題：「我們人類又何嘗知道狗的思慮遠比我們想像的情深義重呢。」〈十全老人〉的作者按語是一種點評，作者出面品評小說中的人物：「認錯是需要勇氣的，寬恕也是需要勇氣的。能透視別人的苦處的人，實具有大智慧。」認錯的人是指劉主任和他的醫生團隊，能寬恕人的和透視人的是指謝老先生，作者讚揚他們的大勇大智。

還有一種作者按語是，作者用追逼的語氣，要讀者去思索答案。〈說稱讚人的話〉的作者按語是：「你說，趙醫生和馮醫生會不會病況有轉機呢？會不會延壽呢？趙醫生在某方面已經不再壓抑自己，常常感到快慰，馮醫生有太太忘我的陪伴，你說呢？」〈說稱讚人的話〉沒有結局，不知道那兩位醫生後來活了多久。結局由讀者去思考。〈單親雙親〉的作者按語要讀者去思考什麼是「真愛」。〈山之盟〉的作者按語說：「你說一個從來不爬山的女孩子，忽然喜歡上登山，是很平常的事嗎？」的確，一個大學生初入大學，會參加社團，那是再平常不過的事。但是在〈山之盟〉中，花雲熱衷參加登山社的背後，卻有多重的深意，這麼一問，讓讀者去思考。這種手法也提供了作者和讀者互動的機會，我也寫得興趣盎然。

如何構思含有深意的小說題目？

我會跟讀者分享我如何構思以下這些小說題目。

〈解紛〉發表於二〇一六年六月，同時在台灣《聯合報》副刊和香港《大公報》副刊登出。原來發稿的題目是〈注重方法的人〉，《大公報》副刊的主編傅紅芬建議我用一個「虛一點，文學性更強」的題目。我想小說中的田教授用了洞悉人性的方法，來解決家人的糾紛。我記起《道德經》中有一段：「道沖而用之，或不盈。淵兮似萬物之宗；挫其銳、解其紛、和其光、同其塵，湛兮似或存。」（第四章）小說題目〈解紛〉出自《道德經》的「解其紛」。表面的字義是化解了紛亂，就像小說中田教授化解了太太和女兒之間的紛爭。但是因為引自《道德經》，這題目多了一層原始的充盈及和諧的涵義。

〈一見鍾情〉和〈敘舊的緣分〉這兩個題目都有「反諷」的意味，反諷

（irony）通常是指真正的含義正好是字面上意義的反面。表面上「一見鍾情」是說雙方偶遇，卻沒緣由地一見就相愛。但是小說〈一見鍾情〉卻認為是有緣由的，因為過去有各種客觀因素，才導致這兩人初次見面就會被對方深深吸引，所以他們相愛不是因為一見鍾情。「敍舊的緣分」本是指老朋友有機緣再相聚，一同追憶過往。小說〈敍舊的緣分〉中一對分手的情侶，幾十年後都去了定情的地方，卻沒有機緣相聚，而兩人去的時間只差二十四小時，連敍舊的緣分都沒有。

〈十全老人〉這個題目有舊瓶裝新酒的意思。在社會大眾的心目中，「十全老人」是指事業成功、身體健康、家庭和樂、數代同堂、行善積德的老人，很有福氣的老人。在這篇小說的中段，十全的條件殘缺了，謝老先生走厄運：生重病、醫生開刀失誤、無辜挨第二次手術。幸運的是他活過來了。靠着他的寬厚的德行，病後他的人緣更好、朋友更多。因此「十全老人」這題目有深一層的定義：這位老人還有高尚的品行，他具有寬厚、體諒別人、堅忍、積極這些美德。

有幾個小說題目的文字本身就很醒目：〈單親雙親〉、〈人生狗生〉、〈書院的嬰兒〉、〈過世以後的母親〉。「單親」是現代社會的常用語，但是把「單親」和「雙親」排在一起作為題目就令人摸不着頭腦了，小說內容也展現撲朔迷離的兩代關係。題目〈人生狗生〉令人讀起來忍俊不住。「人生」是慣用詞，其意義有些嚴肅。但是「狗生」不是慣用詞，兩者並列就詼諧了，談到嚴肅的生命，怎麼把人和狗並列呢？不過題目的含義明顯，這一定是講人和狗之間的故事。〈書院的嬰兒〉這題目本身自相矛盾，書院是大學的單位，是大學生住的地方，怎麼會有嬰兒呢？這小說敘述一個嬰兒合情合理地住在書院裏，敘述他成長茁壯的故事。〈過世以後的母親〉這題目也自相矛盾，照理說亡母已經不在世上，怎麼過世以後還存在呢？應該是「過世以前的母親」才對。讀完小說就知道對女兒秀清來說，母親雖然已經過世，但她關愛女兒的行為以更鮮明、更實在的方式活在女兒心中。

〈安樂登山〉這個題目是在慣用語上着墨。看〈安樂登山〉的題目就知道，安樂必然是一個人的名字，是，他的名字叫俞安樂，講此人登山的故事。「俞」字又和「余」字諧音，「余安樂」可以理解為「我過得很安然快樂」，到故事結束時，他真的找到心靈的安樂。現代慣用語「安樂死」，指對無法救治的病人停止治療或使用藥物，讓病人無痛苦地死去。俞安樂想自殺，他要在高山深林中藏起來，安靜地在虛弱中死去，這種死法對他而言是一種安樂死。所以選「安樂登山」作為題目是因為它的多重含義。

〈山之盟〉這個題目是在成語上着墨，脱胎自成語「海誓山盟」。「海誓山盟」通常指在愛情上永不變心，以山為盟，以海作誓。但是愛情並非是這篇小說的主題。在「山」、「盟」二字之間加一個「之」字，意思就完全不一樣了。「山之盟」可以意指「某人跟山之盟約」。女主角花雲對高山的感覺，由對其壯美之震撼，到追溯自己對高山的回憶，到依靠登山家朋友去親近高山，最後自己主動常到高山深處去體驗、去感受。因此花雲實踐了她跟大山的盟約，實踐了三千年來婦女希望做而無法做的事：跟大自然的結合。

* * *

在這篇文章中，我談了五種小說的敍事方法：如何追溯人生故事發展的重要原因、什麼是聲東擊西的手法、如何寫好不同於一般人的觀點、作者現身跟讀者溝通的用意為何、如何構思含有深意的小說題目。敍事方式絕對不止這五種，甚至可以說有無數種方式。將來你成為作者，也要好好思索人生遭遇的前因後果，才能追溯人生故事發展的重要原因。你要時時把讀者放在心上，才能有效運用聲東擊西的敍事手法，才能適當地現身跟讀者溝通。你要深入瞭解其他人或其他動物，才能寫好不同於一般人的觀點。你更要認真學習中國文學傳統，要熟稔中國文字、用語，才能構思含有深意的小說題目。我們要注意的是寫小說沒有公式、沒有一定的手法。每一篇小說都要找到適合該題材、該主題、該內容、該時空的敍事方式。

各篇定稿日期

解紛	二〇一六年五月
十全老人	二〇一八年一月
說稱讚人的話	二〇一七年五月
過世以後的母親	二〇一七年七月
單親雙親	二〇一六年九月
手工洗車場	二〇一五年二月
山中出事之後	二〇一七年二月
一見鍾情	二〇一七年三月
敍舊的緣分	二〇一四年四月
媒人	二〇一七年一月
空難	二〇一八年七月

車禍中的奇蹟　二〇一七年八月

溫暖之源　二〇一四年十二月

三次道歉　二〇一七年六月

安樂登山　二〇一五年十月

書院的嬰兒　二〇一八年三月

人生狗生　二〇一八年八月

山之盟　二〇一〇年一月

責任編輯：羅國洪
封面設計：張錦良

書名：鍾玲妙小說
作者：鍾玲
出版：匯智出版有限公司
香港九龍尖沙咀赫德道二A
首邦行八樓八〇三室
電話：二三九〇〇六〇五
傳真：二一四二三一六一
網址：http://www.ip.com.hk
發行：香港聯合書刊物流有限公司
香港新界大埔汀麗路三十六號
中華商務印刷大廈三字樓
電話：二一五〇二一〇〇
傳真：二四〇七三〇六二
印刷：陽光(彩美)印刷有限公司
版次：二〇二〇年一月初版
二〇二〇年七月第二版
國際書號：978-988-74436-0-5